徳間文庫

桃源亭へようこそ

中国料理店店主・陶展文の事件簿

陳舜臣

徳間書店

目次

くたびれた縄

1

アメリカの貿易商コンチネンタル社神戸《こうべ》支店長ハミルトンは、毎年七月末の誕生日の夜、社員と主だった取引客を招待して、パーティーをひらいた。

北野天神近辺にあるハミルトン邸は、神戸全市を一望におさめる高台に建っていた。観光パンフレットは、きまって神戸の「百万ドルの夜景」をたたえる。それを観賞するのは、むろん高台で、しかも夏の夜が一等だ。

だから、ハミルトン邸のパーティーを出席者がたのしみにしていたのは当然であろう。

来客はいつも二十人たらずである。谷田というばあさんが、コックの名目で邸につとめているが、人まえに出す料理は安心してまかせることができない。そこで、近所にいる陶展文《とうてんぶん》が依頼をうけて、ハミルトン邸の台所に出張するのである。

谷田ばあさんは、心中ひそかに信任の厚くないのを嘆じたが、結局、かくれもない実力の差とあきらめてしまった。なにしろ相手は、本物のコックなのだ。

今年はよそ者のコックが来たことを、谷田ばあさんはむしろよろこんだ。というのは、彼女の可愛がっている甥《おい》の竹原信男《たけはらのぶお》が遊びに来ていたからである。三十前後の、体格はじつに逞《たくま》しいが、どこか崩れた感じのする男だ。

子供のないばあさんは、この不良じみた甥を溺愛した。サービスはもう一人の孝子《たかこ》という若い女中にまかせ、料理のほうは陶展文まかせで、もっぱら甥との歓談にふけった。

甥のほうでは、ばあさんが話しかけるのをうるさがっているようだった。彼は金をせびりにきただけで、ほかに用事はない。

「ハミルトンのやつに知られたら、まずいやろう。おれ、もう裏口からそっと帰るで」

と、竹原信男は言った。

「まあ、もうちょっと、話して行ってもええやないか」と、ばあさんは、ひきとめた。

「おれと、親戚やちゅうことが、バレたら、叔母《おば》はんもここを追い出されるかもしらんで」

「追い出しなんか、ようしますかいな。いまどきコックや女中のなり手、おまへんのに」

「おれはハミルトンとこで、五十万円ちょろまかしてクビになった男や。親戚やったら同じ気《け》がある思《おも》て、あのおっさんは叔母はんまでクビにしよるで」

「クビにしたら、したでええがな。つとめ口なんかなんぼでもおます」

「畜生！」と、信男はいまいましそうに言った。「むかしの同僚が表の芝生のとこで、パーティーやとかぬかしてビールのんでやがる。あいつらハミルトンにへいこらしやがって」

「しッ！」と、ばあさんは言った。

女中の孝子は、表の庭にならべたテーブルの皿を片づけに行っている。

台所には誰もいない。しかし、二階の畳の間に、陶展文というコックのおっさんが寝ころんでいるのである。

信男は、ばあさんの制止にもかかわらず、声を低めもせずにつづけた。

「さっき、そっと見たら、伊東も来とった。あいつハミルトンとグルになって、プライベイトで株商売やっとるんや。ハミルトンは店の金をそっちに流用しとるんやで」

「かめへんやないか、そんな人のこと」

「ちぇっ！」信男は舌打ちをした。「けったくそわるい。おれ、もう帰るわ」

哀れな叔母は、もうひきとめることができなかった。あきらめたように、

「ほたら、気ィつけて行っといで。叔母はんは台所を片づけんならんから、送って行かれへんけど。……パーティーもうすんだんやから、そのへんに誰か散歩してるかもしらんよ。見つからんように、そっと裏門から出て行きや。戸はあとでしめといたげるから……」

「ハミルトンのおっさんに出くわしたら一発ガンとやったるわい」

「信ちゃんは、いつもそいで失敗したんやで。乱暴したらあきません」

谷田ばあさんはそう言って、流しのところで皿を洗いはじめた。信男は、いかつい肩を揺すりながら出て行った。

しばらくして、朱漢生《しゅかんせい》が台所へ入ってきた。

「陶さんは？」

「お二階よ」

と、ばあさんは答えた。

安記公司《あんきこうし》主人の朱漢生は、コンチネンタル社と取引がある。それで、今夜招待をうけた。

パーティーがおひらきになったので、彼は台所にいるはずの陶展文と、なにかたのしい話でもしようと思ってやって来たのである。

このあたりの外人住宅は、たいていそうであるが、ハミルトン邸も、女中部屋は母屋から離れたところに、日本風に建てられていた。下が台所で、二階が使用人の寝泊り場所なのだ。階段をのぼりがら、朱漢生は大きな声で、

「陶さん、あんたの西洋料理もまんざらすてたもんでもないね」

この友好的な呼びかけにたいして、陶展文は「シーッ！」という邪慳《じゃけん》な声でむくいた。

ラジオが小さな声で、

――長嶋、打ちました！　と叫んだ。

長嶋は、しかし凡フライを打ちあげ、一塁走者はあわてて帰塁した。

「漢生、もうすこし待ってくれ」陶展文は、さっきの邪慳さの償いでもするように、やさしい声を出した。「九回裏、ツーアウト。二点差でランナー一塁。つぎの宮本に

ホームランが出ると、同点延長戦というところだが……」

「しょうのない男だな」

陶展文はべつに、野球狂というほどでもない。しかし野球に限らず、どんなことでも、なにかの拍子にひどく熱中してしまうことがあった。弟分の朱漢生は、それを一種の発作と評し、陶展文自身は精神力集中の極致と称した。

いま陶展文は、その『発作』の最中である。

九回裏の二死だから、あとはそんなにながくあるまい。朱漢生は寝ころんでいる陶展文のそばに、あぐらをかいた。

つぎのバッター宮本は、2―3からなんべんもファウルを打った。ものすごく大きいのを打ったこともある。満場騒然となったが、惜しいことにやはりファウルだった。打球が、もうすこし左に寄れば、文句なしのホームランで、延長戦へもちこめたのである。

宮本は、さんざんねばったあげく、大きなから振りをして、ゲームセットとなった。

「やれやれ、やっとすんだか」と朱漢生は言った。

「ところで、なにか用かい？」

「なにもそんなに、あらたまった用事があるわけじゃない」

「それじゃ、わざわざわしの西洋料理の腕前をほめに来たのか。お礼を言わないといけないね」

二人はオードーブルの配置法と、サラダにかけるマヨネーズソースの分量について、しばらく論じあった。

庭ではさきほどから、ハミルトン夫人が良人《おっと》を呼んでいた。

「アーネスト、アーネスト！」

――と、ふいに、その声が悲鳴にかわった。

「どうしたんだろう？」

朱漢生が窓からのぞいた。そこからはハミルトン夫人の姿は見えなかった。悲鳴をききつけた人びとが、母屋の裏口から出て、建物の東がわへ走って行くのが見えるだけである。

九時をすぎて、そとは闇だが、夏の服装が白いので、人のうごきはわかる。

陶展文も、窓のところへ行ってそとを見た。闇の中をうごく白いもののうち、一つだけがみんなとは別の方面、裏門のほうへいそいで行くのが見えた。

それは、シャツやズボンの形をした白ではなく、エプロンとおぼしい恰好であった。

2

主人のアーネスト・ハミルトンが、庭の隅の松の木の下で殺害されていたのである。首に藁縄《わらなわ》がまきつけてあった。絞殺なのだ。

悲鳴に呼びつけられた客が、そこへあつまっている。ハミルトン夫人は、良人にすがりついて、泣いていた。

「死体にさわらないほうがいいんだが」

平田というコンチネンタル社の社員が呟《つぶや》いた。しかし、誰も彼女をひき離そうとしない。

ハミルトンの弟のフランクが、しきりに英語でなにかわめいていた。「ポリス」という言葉がそのなかにまじっていた。伊東という社員が、「O・K」と答えて建物のほうへとんで行った。

パト・カーが到着したのは二分後である。被害者の夫人と弟のほかは、みんな応接間のむかいにある、テレビを備えつけた広い部屋におしこまれた。

「ぼくらは、容疑者にされたんやろか?」

と情けない声でぼやく者がいた。

「それは、仕様がない。一応は疑われるやろ」

諦めのよい声がそう応じる。

コンチネンタル社の社員で、礼儀正しそうなのが、招待した取引客にむかって累《るい》を及ぼしたことをわびていた。

「どうもすみません。大へんな事件にまきこまれまして……」

表と裏の出入口は、警官の監視下におかれ、邸内にいる人間は足どめされたのである。

「いや、どうも……」

取引客のほうでは、どんな挨拶《あいさつ》をしていいものやらわからず、当惑を表明する言葉をひかえめに呟いた。本来なら、おくやみを述べねばならないところだが、誰になんと言っていいかも、わからないのだ。

「早よ調べてもろて、早よ帰してもらわんとこまるがな。おそうなったら、またどこぞへ寄ってのんでたんやと、ワイフに誤解されるさかいな」

誰かの言ったこの冗談には、一人として笑う者はなかった。

「取調べのときは」

と、平田が言った。

「まず第一に、アリバイをはっきりさせんといかんやろ。ぼくは応接間でカードしてたんやから、アリバイを証言してくれる人が何人もいるけど」

「そやけど、きみも席をはずしたことがあったで」カードの仲間だったらしい男が、そう言った。

「あれは、トイレへ行ったんや」

と、平田。

「たしかに、トイレへ行ったと証言してくれる人はおらんやろ?」

「トイレは一人ではいるもんやからな」

平田は、大きなからだを縮めるようにして言った。

パーティーがすんだあと、約半数が西よりの芝生に留まってぼんやり時をすごし、残りが家のなかに入って、応接間でトランプをはじめたのである。

芝生に残った人たちは、椅子《いす》に腰かけていたり、ぶらぶら歩いていたりした。すこし風があって、涼しかった。すでに暗くなっていたので、近くにいても、お互いの顔がはっきりとは見えなかったそうだ。椅子に坐って居眠りしていたと言う者がいたが、その男がずっとそこで眠っていたと証言できる人は、結局一人もいないのだ。

「ぼくはこの部屋にいて、一人でテレビを見とったけど、やっぱり誰もアリバイを証言してくれんやろな」伊東はそう言って、みんなを見まわした。「ドアはあけてあったけど、なかをのぞいてくれた人はおらんかな?」

「あたし、ちょっとのぞいたわ」と、女中の孝子が言った。「そやけど、奥のほうまでは見えなかったわ。洗濯物は片づけたかしらと思って、ふと見ただけですよって」

「洗濯物?」と、朱漢生がけげんな顔をして、そばから口をはさんだ。

「ええ」と、孝子は答えた。「この窓のそとが、干し場ですねン。なんぼ暗うても、干してあるのが白いもんやよって、見ただけでわかるんです。谷田さんがしまってくれてるやろか、と思て……。結局、カーテンがおりてたから見えませんでしたけど」

「ぼくはこっちのほうにいたからなあ」

と、伊東は奥の窓を指さした。

この部屋には、大きな窓が東にむかって二つついている。ドアから見えるのは片方だけなのだ。テレビは廊下に面した壁にあった。伊東はだいぶ離れて、奥の窓を背にしてそれを見ていたらしい。

だから、女中は、伊東のアリバイを証言できないわけだった。

部屋の隅で、コンチネンタル社のタイピストと、女事務員が抱き合うようにして坐っている。タイピストのほうが、「うち、嘔《は》きそうやわ」と言った。

死体を見たことが、若い女の子に大きなショックだったのは言うまでもない。

谷田ばあさんは、おどおどしていた。椅子にちょこんと腰かけていたが、ときどき立ちあがってエプロンをひっぱったり、空咳《からぜき》をしてみたり、すこぶる落着かぬ様子である。

応接間でトランプをしていたのは五人だが、同数ぐらいの見物人がいた。外塀の高いこの家では、窓はぜんぶあけ放っていた。涼しい風がはいってくるからである。その窓から一人が抜け出しても、誰も気がつかなかっただろう。西がわの芝生には大ぜいの人がいたが、南むきの窓からなら、彼らには気づかれずに出ることができる。そこから東がわにまわり、松の木の下で人を殺して、また戻ってくることも不可能ではない。

「いややな、ほんまに」と、伊東が言った。「巨人阪神戦を見てるうちに、ハミルトンさんが殺されたやなんて……」

「どっちが勝った？」

と、平田がたずねた。

「阪神や。なんせ村山やったからな。最後の回なんか、王を一塁に出しときながら、長嶋がなんと平凡な内野フライ。いやになったな、ほんまに……。あそこは絶対のチャンスやったのに。惜しいことしたもんや」

巨人ファンの伊東は、口惜しがった。彼は小柄だが、いかにもすばしこいといった感じのする男だった。

やがて、本署から大ぜいの係官がやってきた。主任とみえる背広姿の男が、

「みなさんそろっておいでですな。夕方からこの家にいた人たちで、今ここにおられない方はいませんか？」

一同は相手を求めるように、あたりを見まわした。いつもこんなときには、幹事役をつとめる平田が、ポケットから紙片をとり出した。その夜の来客リストである。リストと照らしあわせた結果、パーティーに招待された人たちは、みんなそろっていることがわかった。

「ところで、使用人のほうは？」

捜査主任は、谷田ばあさんのほうを見てたずねた。ばあさんはからだをこわばらせて、目を伏せた。

「あたしと谷田さん、それにお料理の手伝いに来てもろてました陶さん……」

女中の孝子が、おずおずと答えた。

捜査主任はメモになにか書きつけて、

「台所はこの三人だけですな？」

孝子は、谷田ばあさんのほうをちらと見て、

「谷田さん、あの親戚の方《かた》は？」

ばあさんはあわてて、

「信男でっか？　あれは帰りましたがな」

「何時《いっ》ごろ帰られたのですか」

捜査主任の冷徹な声に、谷田ばあさんは射すくめられた。

「だいぶ早ように……なん時ごろでしたやろか……ええっと」

ばあさんの答えは、しどろもどろであった。

「まあ、それはあとで調べたらわかるでしょう。とにかく、その人の住所氏名を伺っておきましょう」

「あのう……あれは、あたしの甥ですけど……どこに住んでるんかわかりません。ときどきふらっとやって来て……」

「住所不明？」主任の目が鋭く光った。

「まあ、それもあとで調べましょう。とにかく、その甥御さんの名前は？」

ばあさんは、手で額をなでた。汗をかいているのだろう。しばらく口ごもってから、小さな声で、「竹原信男です」と言った。

ほかの人たちには、きこえなかったようだ。だが、主任は、大きな声でき返した。

「タケハラ？　タケは武士の武《ぶ》ですか。それともタケヤブのタケですか……あ、そう。タケヤブのタケ、ね。ノブオのノブは信用の信《しん》でしょうな？　オは英雄の雄《ゆう》ですか、男ですか？……ふん……」

この質問によって、コンチネンタル社員のあいだにざわめきがおこった。

「竹原君がおばはんの甥やったんか？」

と、伊東がたずねた。

「はい……」と答えたばあさんは、まさに消え入るばかりであった。

「きみは、竹原信男を知っているのかね？」と、捜査主任がたずねた。

「そりゃもう」と伊東は答えた。「一しょにコンチネンタル社にいた同僚です。半年ほどまえに、ある事情でやめましたけど」

主任は、しばらく伊東と谷田ばあさんの顔を見くらべていたが、やがて、区切りをつけるように言った。

「じゃ、みなさん、ここで待っていただきます。隣の部屋で、一人ずつお話を伺いたいと思いますから」

3

警察の人たちは、隣の子供部屋に陣取った。ハミルトンには、三人の子供がいた。しかし、彼らの寝室は二階である。

一人ずつ順番に呼ばれて、調書をとられた。丁寧に調べているのだろう。大そう時間がかかるのである。

陶展文は、ドアのむかいにあるあけ放した窓のそばへ行って、思いきり新鮮な空気を吸いこんだ。

「いつごろすむのかな？」

朱漢生が憂鬱そうに、陶展文に話しかけた。

「まあ、落着くんだな。漢生にはちゃんとしたアリバイはないのかい？　九時すぎからだったら、わしが証人になってやるが」

「それまで芝生にいたよ。隣の椅子に新井という雑貨屋がいたが、こいつは眠っていたようだ」

「その男は、証人にはなってはくれまいな?」

「だめだろう」と、朱漢生は言った。

かなりの風が吹いていた。真夏の夜には、涼風が一ばん豪勢な饗応である。しかし、窓のすぐそと、むかって左よりの干し場で、白いシーツが風をさえぎっていた。

で、陶展文は、奥のほうの窓に場所をかえた。そこからは、東がわの庭が見通せた。事件のおこった松の木も、からだをのりだせば見えるのである。

陶展文が、そうして涼風をたのしんでいたところへ、一人の男が庭のほうからそっと窓の下へやって来た。

「陶さん!」と、その男は声をかけた。

見ると、それは中央新聞の小島《こじま》記者だった。

「もう嗅《か》ぎつけてきたのか、早いもんだねえ」

と、陶展文は言った。

「もうだいぶまえから来てましたよ」と小島は答えた。

「様子はどうかね?」

「それがね」小島は声を低めて、「いま面白いことをききこみましたよ……死体の首にまきついてた縄ね、あれで首をしめたんやないらしい。というのは、あれは古いくたびれた縄で、両手でひっぱっても、すぐにちぎれてしまうようなやつやから、とても力をいれて首をしめるなんて出来んそうです」

「ほほう……すると、凶器はあの縄じゃないのかね」

「そうです。いま凶器さがしをやってるんです、警察の連中は」

「それらしいものが、そのへんに落ちていないのかね?」

「いまのところ、まだ、出てこないそうです」

「なにか手がかりがあればいいんだが」

「手がかりゆうたら、被害者は首をしめられるまえに殴られてるそうです。顋《あご》を二発、こめかみのところも二発。それから眉間《みけん》を一発、相当はでにぶん殴られたあとがあるんです。それから、後頭部にも打撲のあと、――おそらく松の幹にぶつけたんやないかとききましたけど」

「なるほど、首をしめられるまえに格闘したのか……」

「格闘やったら声を出すでしょう。いきなりやられたのとちがいますか? 警察の意見でも、どうやら、不意打ちの相手に撲《なぐ》られっぱなしやった、ということらしいんですが」

「しかし、そんな打撲のあとが手がかりになるだろうか」

「すくなくとも、犯人の背丈は見当がつくらしいんです。つまり、大きな男やゆうこと。あのハミルトンみたいなでかい男のこめかみや眉間を殴るとしたら、相当背の高い人間やないと出来ませんからね」

このとき、闇から大きな声がした。

「そこの窓のところへ寄ったらあかん！」

見張りに立っていた警官が、小島にむかって注意を与えたのである。

「ああ、ここに来たらいかんのでっか？」小島は、声の方向にむかって言った。「ちょっと、知り合いの人に会ったもんやから。いかんというなら、あっちへ行きまっさ」

小島は立ち去った。

このハミルトン邸は高い塀をめぐらしているが、南向の窓のところへ行くと、低くなっているひろい表門から、神戸の夜景の一部が見えた。陶展文は、その窓のところへ移った。

銀色に塗った回教寺院の円屋根が、闇のなかに薄ぼんやりと盛りあがって、そのむこうに、三宮《さんのみや》歓楽街のネオンがむらがっている。

ときどきそれを横切ってすべる光が見えた。高架線を走る電車の灯なのだ。

この部屋から呼ばれて行った人は、もう戻ってこなかった。訊問《じんもん》がすむと、応接間に入れられたのである。だんだん人数が減って行く。

自分の名が呼ばれたとき、朱漢生は陶展文にむかって、ひょいと手をあげた。なんの合図かわからない。彼はズボンのベルトをひきあげながら、部屋から出て行った。どうやら、台所にいた連中は、一ばんあとまわしにされたらしい。

女中の孝子は、神妙な顔つきで坐っている。谷田ばあさんは、見るも気の毒なほど思い悩んでいるようだった。しきりに空咳をする。あいかわらず立ったり坐ったりで、ときどきエプロンの端を、つまみあげては、それで顔を拭《ふ》いた。

陶展文は南むきの窓から、百万ドルの夜景の一部をながめつづけた。

窓は大きい。二枚の青いカーテンは上が合わさって、だんだん『八』の字形にひらかれている。

それが、きわめてクラシックな趣きに見えた。窓枠の下部に真鍮《しんちゅう》の金具があって、そこに、赤い太い紐《ひも》がとりつけられてある。

左右にひらかれたカーテンは、束ねてその紐でとめられていた。女中の孝子が呼ばれて行くと、部屋には、警官をのぞけば、陶展文と谷田ばあさんだけが残った。

「昼間はむし暑かったけど、今夜はいい風があって結構ですな」

陶展文は、ばあさんに話しかけたが、谷田ばあさんは返事をしなかった。陶展文の言葉などぜんぜん耳に入らぬようだった。

「あんたの甥御さんというのは、じつにいい体格をしておりますなあ」

陶展文はそう言って、やさしい目でばあさんを見た。こんどは、ばあさんの耳にも入ったらしい。しかし、彼女は陶展文の視線を避けて、

「はい……からだばっかり大きうなりまして。ほんのまだ子供なんやけど……」

やがて、谷田ばあさんが呼ばれた。部屋から出て行くそのうしろ姿は、悄然《しょうぜん》と肩をおとして、足どりも重そうに見えた。足をうごかすのが精一杯といった感じの歩き方なのだ。

谷田ばあさんの訊問は、きわめて長かった。そのあいだ陶展文は、手持ち無沙汰に立っている警官と二人きりだった。

やっと、陶展文が呼ばれた。

「陶さんですな」と、訊問疲れの様子も見せず、捜査主任は切り出した。「まずこんどの事件で、なにかお気づきになった点はありませんか。なにかおかしいといったようなことは？」

陶展文はゆっくりと答えた。――「ありますね。お役に立つかどうかわかりません

が……」

「というと？」捜査主任は、からだをのり出した。

4

つぎの日の夕方。陶展文は、朱漢生と小島記者と一しょに、新聞会館屋上のビヤ・ガーデンへビールをのみに行った。

さしものながい夏の日も、ようやく暮れかけていた。八階の屋上から見おろせば、街のあちこちでネオンが、ともりはじめるのが見えた。そよとの風もなかった。こんな高いところにいても、一向に涼気は感じられない。

朱漢生は、顔の汗を、真白なカッターシャツの肩で拭いた。そのあたりは、むろん黒くなっている。

「おやおや。奥さんが折角、アイロンをかけたばかりのシャツが台なしじゃないか」と、陶展文が言った。

朱漢生は、こんどは手の甲で汗を拭いた。しかし、その手の甲をシャツの胸のあたりになすりつけたのである。

「汚《よご》すなら公平にというわけか」

陶展文は、そう言って、心地よげに笑った。

小島が、ビールを一と口のんで言いだした。「そやけど、昨夜の北山警部はみごとやったね。ぼくは、今まで、あの人の才能をそんなに高く買ってなかったけど、昨夜のことで見直しましたな」

「ときどき、人を見直すのはいいことだよ」と、陶展文は言った。

「ぼくはあの人の取柄ゆうたら、太っ腹で、人の話をよくきくぐらいやと思てました」

「……聞き上手、というのは、貴重な才能だよ」

「あの人が鑑識の結果も待たんと、伊東を重要容疑者に指名したとき、正直なとこ、ほんまにびっくりしましたね。一時間ばかりの訊問で、ようわかったもんやと……」

「新聞には、詳しいことは出ていなかったけど」朱漢生はしきりに、鼻のあたりを指でこすりながら、「ひとつ殺人の経緯をきかせてもらえないだろうか」

「計画的な殺人やないんです」と、小島は説明をはじめた。「ハミルトンは、プライベイトに株やら不動産商売をやってたけど、名前を出せないんで、伊東の名義を使っとりました。伊東にしてみたらハミルトンが死ねばぜんぶ自分の名義やから、莫大な金がころげこんでくるわけです。……昨夜、伊東が窓にもたれてテレビを見てたら、東がわの庭からなにか低い呻き声がきこえてきました。のぞいてみると、ハミルトンが誰かでっかい男に撲られてる最中や——相手が竹原信男やゆうことは、そのときにはわからなんだそうです。とにかく不意打ちをくったハミルトンは、あの松の木の下にK・Oされてしまったわけです。殴った男が裏門から出たのを見て、伊東のやつ、むらむらッと殺意をおこしよって……」

いまごろ、出帆《しゅっぱん》する船があるのだろうか、港のほうから汽笛がきこえた。ながい汽笛である。それが鳴り終るのを待ってから、小島はつづけた。——

「チビの伊東は、ふつうやったらハミルトンには手が出ませんわ。そやけど、相手はダウンしてるとこや。絶好のチャンスと、あいつ窓からとび出しよったんです。ちょうどカーテンをとめる赤い綱みたいな紐が、窓枠の下についてたでしょう? そいつをはずして持って行ったんです。うまいことしめ殺したけど、あんなものを使ったとわかったら足がつく。そない思て、あいつそばに落ちてた縄をハミルトンの首にまきつけよりました。一種のカムフラージュやね。紐は帰ってから、もとのとこに戻して、カーテンをとめといた……」

「すると、とっさの出来事だな」

朱漢生はそう言って、ズボンのポケットからハンカチをとり出した。きちんと畳んだ純白のハンカチなのだ。それをいままで使わなかったのは、理解に苦しむことである。

「ほんの二、三分」と、小島は答えた。

「ところが、この二、三分のアリバイがないのを、北山警部が、つきとめたんですよ」

「ほう、えらいね」と、言って、陶展文は、ジョッキのビールを一と息にのみ干した。

「伊東はうしろ暗いもんやから、アリバイには人一倍気を使いよったんですね。テレビ見てた九回裏、王が一塁に出たのに長嶋がフライ打って、ほんまに惜しかった。そんなことをべらべらしゃべるんですね。ところが北山さんは、ふとおかしいと思ったそうです。というのは、九回裏にほんとうに惜しかったのは、宮本のホームラン性の当りがファウルになったことですよ。それにはちっとも触れずに、長嶋の内野フライばっかり口惜しがっとる、こりゃおかしいやないか。――北山さんはそこで、宮本のことをきいてみたんです。長嶋ファンなら、そりゃ長嶋のことばかり話したがるかもしれませんよね。そやけど、宮本のことをきかれたら、あの大飛球のことを一と言ぐらい言うはずやありませんか？　それが、宮本のことになるとしどろもどろです。満場をわかせたあの一撃のことを知っていない。——それは、そのとき見てなかったのとちがいますか？　で、北山さんはその点を追及したわけです」

「宮本の一発がモノを言ったわけだな」

陶展文は空《から》のジョッキの底で、テーブルをたたきながら言った。

朱漢生は、残ったビールを口のなかに流しこんだ。あまり威勢よくジョッキを口にあてがったので、勢いあまった液体が口の両端から頤まで流れた。彼は頤をしゃくって、液体をシャツの襟《えり》に吸いとらせた。

小島も亦、ビールを一と口つきあってから、

「もう一つ、おかしな点があったそうです。というのは、女中さんの証言やけど——ドアからあの部屋をのぞいたら、カーテンがかかっていて、そとの洗濯物が見えなかった、と言うてましたね。あの家の窓は、みんなカーテンがあいてたんです。あのときだけどうして、あそこのカーテンがしまっていたんやろか？　とめてある紐をとれば、カーテンは自然に窓を半分かくすわけです。洗濯干し場はむかいの窓の左よりのそとですから、そこがしまれば、見えんようになります。が、なんで紐をはずしたんか？　紐が要《い》るからやありませんか？　紐ゆうたら、すぐに連想しますやろ……首をしめる道具を……」

「わしらがあの部屋に入れられたとき、カーテンはちゃんと左右にひらいていたね。八の字形に」と、陶展文は言った。

「つまり、カーテンがおりていたのは、ほんの数分間だけですよ」と、小島は言った。

「伊東は戻ってくると、またカーテンをひらいたんです。そのわずか数分間のあいだに、女中がちょうど通りかかったわけですね」

「伊東は犯行を自供したかね？」

と、陶展文はたずねた。

「あいつは今朝、降参しました。ハミルトンの首からごく細い繊維の屑《くず》が検出されて、そいつがあのカーテンどめの紐のものやとわかったんです」

「竹原は、ハミルトンを殴ってから出て行ったが、裏門はちゃんとしまっていたそうじゃないか」と陶展文がたずねた。

「誰かがしめたんでっしゃろね」と、小島はべつに気にもとめずに答えた。

「誰か親切な人がね」

陶展文は呟いた。

やっと肌に感じられるほどの風が吹きはじめた。朱漢生は、シャツのボタンをぜんぶはずして、扇子がわりにハンカチで胸をあおいだ。

港のなかを、ゆっくりとうごく灯があった。ふつうのランチの灯ではなく、よく見ると、そのなかに青や赤がまじっているようである。提灯《ちょうちん》をたくさんつるした港内巡遊の納涼船であろうか。

陶展文はその灯に目をやりながら、思い出したように言った。

「北山警部は聞き上手だから成功したんだね。ひとの話はよくきくものさ」

ひきずった縄

1

涼み台のシーズンである。北野町《きたのちょう》にある陶展文《とうてんぶん》の家の狭い庭にも、年季のはいった涼み台がもち出された。

高台から見下ろす神戸《こうべ》の夜景は格別だった。しかし陶展文は、涼み台に腰をおろして、さきほどからしきりに、

「くだらん！　愚劣きわまる！」と憤慨していた。

客の朱漢生《しゅかんせい》がきいてみると、どうやら新聞会館の壁に、富士山が大きく描かれているのが、陶展文のお気に召さぬらしい。

「愚劣といったって、しかし、あれはなかなかきれいだよ」と、朱漢生がとりなし顔

で言った。

「きれいだって？」陶展文はあきれたように、「このすばらしい神戸の夜を、あの人工のばかでっかい絵がぜんぜん台なしにしているじゃないか。ご丁寧に照明までつけて。いやはやまったく、なんたる愚劣！」

「そんなにわるくないがなあ……。そりゃ、町のまん中に富士山なんて、考えてみればちょっとおかしいよ。しかし、あれがきれいだってことは認めてやるべきじゃないかな。みごとな富士山だ」

朱漢生はそう言って、しばらく富士山の大壁画に見とれた。

「度《ど》しがたい人間もいるもんだ」

陶展文は、すばらしく大きな溜息をついた。

三宮《さんのみや》と元町《もとまち》にかけての、神戸の中心部は、夜ともなれば美しいイルミネーションに飾られ、はるか港内の船舶の灯と呼応して、絶景をなしている。しかし、三宮駅のむかいに、問題の富士山の壁画が強引に人目を奪おうとしているのだ。神戸の景観をそこなうと酷評するむきもあるが、一部にはあれが面白いという声もあった。

「ずんべらぼうの壁よりは、ましじゃないか」

と、朱漢生はこりずに言った。

「ずんべらぼうのほうがいいや」陶展文は、半ばやけくそに言った。「壁画にするなら、むしろアブストラクトか、思いきって、ヌードにすりゃいいんだよ」

「ヌード、そいつは面白い」朱漢生はたわいもなく賛成した。

陶展文は目をとじた。ヌードの大壁画が、神戸の心臓部にそそり立っている光景を、彼は目《ま》ぶたのうらに思い描いたのである。

「わるくない……」と、彼は目をあけて呟《つぶや》いた。

あわて者の朱漢生は、それを陶展文の譲歩と解釈した。

「わるくないでしょう」と、彼はホッとしたように言う。「だい一、夏むきですよ。涼しくってね。なにしろ雪をかぶった富士山だから、冬は涼しすぎていけないかもしれんが」

「雪ねえ……そうだ。雪の降った晩、劉岳天《りゅうがくてん》が死んでいたんだよ」と、陶展文は急に言いだした。

「劉岳天？　きいたことのない名前だね。どこにいた男だい？」

「天津郊外の、小さな田舎町にいた医者だよ」

「なんだ、神戸の話じゃないのか」

「それも昔の話だ。わしがまだ若かった頃のね。劉岳天は広っぱの松の木で首を吊って死んでいた。雪は夜中にやんでいたんだ。劉は雪がやんでから、自分の家を出て自殺しに行ったと、みんなは言った。だって、あの男の足あとしか残っていなかったからね」

「広っぱ？　そんな淋しい所で首を吊らなくてもよさそうなもんだ。戸外《そと》へ出れば、寒いじゃないか。雪の夜というんだろう？　あたたかい家の中で死ねばいいのに」

「だから、わしは怪しいと思った」

「じつは、他殺だったというわけか？」

「ひとつ、あの事件の話をしてみようか？」

と陶展文は言った。「夕涼みの話には、あの雪をかぶった富士山ぐらいの効果はあるかもしれん」

「その話は、まだきいていない。今晩は暑くてやりきれないから、雪の話は大歓迎だ」

娘の羽容《うよう》がもってきた冷たいお茶をのんで、陶展文はゆっくり話しだした。

2

涼み台の話といえば、まず怪談であろう。背筋が寒くなったりして、まさに夏むきである。だが、雪の話でもわるくない。ことに雪の日の不思議な事件となれば、なお結構だ。

陶展文の話によると――

天津郊外のLという田舎町の、それも町はずれに劉岳天という漢方医が住んでいた。ひとり暮しの四十年輩の男で、どことい って特長のない生真面目《きまじめ》な医者であった。変ったところといえば、非常に小柄なのと、その年になるまで結婚しなかったことぐらいであろう。この医者をあわて者だと思いこんでいる人もいた。

しかし実際には、そそっかし屋ではない。おそらく、いつも擦り足で気ぜわしげに急いで歩く癖が、人びとにそんな印象を与えたのだろう。

劉岳天の隣りに、かなり裕福に暮している王《おう》家の邸があった。ひとり暮しの劉岳天の家は小さいが、王家はちょっとした邸宅である。

王家の主人は王桓隆《かんりゅう》といって、一風変った男だった。劉岳天と同じ年輩だが、白蓮教の流れを汲む福仁会《ふくじんかい》という怪しげな宗教団体の幹部である。四つになる息子が大病にかかっても、彼は福仁会の祈禱師《きとうし》に頼るだけだった。むろん、病状はわるくなる一方である。祈禱は一向に効目《ききめ》はないのだが、王桓隆は、

「最後には治るのだ」とがんばった。

しかし、子供の容態は悪化するばかりで、とうとうあと何日ももたないだろうというところまできた。王桓隆当人はあくまで福仁会一辺倒だが、まわりの人たちがぶつぶつ言いだした。

——あの男は、子供を祈り殺す気なんだ。まったく正気の沙汰ではないよ。

そういう非難が日に日にたかまるのである。そんなことぐらいで折れる王桓隆ではなかった。しかし王夫人が、

「あなたは、あたしの子供を見殺しになさるおつもりですか?」

と、泣いて訴えたときには、さすがの王桓隆も一歩譲って、とにかく医者を呼ぶ気になったらしい。

医者はちゃんと隣りにいたのである。医師劉岳天にとっては、これはとんだ災難だった。というのは、この小男の医者が呼ばれて行ったとき、子供はもう虫の息で、どうにも救いようがなかったのである。

子供は死んでしまった。

「それみろ！」と唸《うな》ったのは王桓隆である。

「最後まで福仁さまにおすがりしておればよかったんだ。それを途中から、あんな藪《やぶ》医者なんかに鞍《くら》がえしたので、それで、福仁さまの逆鱗《げきりん》にふれたのだ。子供が死んだのは、医者を呼べとギャアギャア言ったおまえたちのせいだぞ！」

良人《おっと》にこんなふうに咎《とが》められると、王夫人は井戸に身を投げておわびすると、哀号の声を放ちながら庭へとび出した。幸い下女たちにひきとめられ、さんざんなだめられてその場はすんだ。

以前から多少その傾向はあったが、子供が死んでからというもの、王桓隆の言動は一段と神がかり的になってきた。

「福仁さまがご立腹だ。劉岳天なんて藪医者は、いまに、福仁さまに首をしめられて死ぬだろう。裏の空地の松は、枝っぷりがなかなかいいじゃないか」と口走る始末である。

子供を亡くした悲しみで、とり乱したといえばそれまでだが、王桓隆のこの予言が事実となったのだから、人びとはおどろいた。

「それみろ、わしの言ったとおりだ。天罰が下ったのさ」

王桓隆は、怪我をして寝ていたが、寝床のなかで、勝ち誇ったように言ったそうだ。医師劉岳天が選んだ死場所は、王桓隆の予言どおり裏の空地であった。一本ぽつんと立っている松の木に、白い縄をかけて首をつっていたのだ。王桓隆は『天罰』と言ったが、誰の目にも自殺と見えた。

前夜から降った雪が、空地一めんにかぶさっていた。不幸な医者は、夜中に雪がやんでから、死場所を求めて空地へ出たのにちがいない。雪のうえに印された靴のあとに、雪が降り重なっていないことで、それがわかった。

たまたま友人を訪ねて、その町に滞在中であった陶展文は、劉岳天自殺の現場を見ることができた。彼の友人というのが、その町の警察主任の弟であったからである。死体を縄からおろすのも、陶展文は手伝った。しみ一つない真白な縄は、目にしみるほどあざやかであった。陶展文は、葬式につける白麻の喪服を連想した。結び目あたりの白さが、ことのほか印象的である。

陶展文の友人の兄はきわめて有能な警察官とみえた。彼は野次馬をしめ出して、現場をできるだけ完全に保存する努力を払った。

「足あとだけでも、いろんなことがわかるもんだよ」

有能な警察官は、自分の弟とその友人の陶展文にむかって、親切に説明した。若い

人たちの経験になにかのプラスになれば、という年長者の思いやりあふれる態度であった。彼は医者の家の玄関を指さして、

「靴のあとは、ここからはじまってる。自殺をしに行こうというのだからな、さぞ気が滅入《めい》っていたろうな。思いあぐね、なお思いなやみ……いいね、とにかく考えながら歩いたんだ。それがこの足あとでわかる」

なるほど。一歩一歩、はっきりと雪のうえにしるされた足あとは、懊悩《おうのう》と逡巡《しゅんじゅん》のあとを物語っているように見える。

劉岳天の足あとは玄関を出て、隣りの王家とのあいだを通って裏の空地へつづいていた。劉、王両家の間隔は約五メートルで、両側に楡《にれ》の木が五本ずつむかい合って立っている。どの木も家の塀にへばりつくようにくっついていた。塀の上から家の庭へつき出ている枝が多い。

足あとは、劉家の門から幅五メートルの道を斜めに、王家の方向にむかっていた。十メートルほどで王家の塀のそば近くまで寄ったが、そこは一ばん端の楡の木の下である。塀はそこから西へまがっている。足あとはそのまま、まっすぐに南の空地へむかい、三十メートルさきの松の木の下に達していた。

「いろんなことを考えたんだろうな。このあたりで」と、警察官は、王家の塀の終っ

たところで言った。「足あとを見ると、ちょっと引きかえしたようだ。この木で首を吊ろうとしたのかもしれない。あるいは、最後の決断を下したのかな。『やっぱり死のう』とね。あらためてがっくりしたんだろう、ここで。とにかく懐から用意の縄をとり出した」

「どうして、ここで縄をとり出したことがわかったの？」

一しょにいた警察官の弟がたずねた。

陶展文はきくまでもなく、わかっていたのである。そのあたりから、縄をひきずったらしいあとがついているのだ。

足あとの左がわに、三十センチほどはなれて、二すじの線が平行して引かれていた。

「縄をひきずったあとがある」と、警察官は弟に説明した。「二すじついているのは、一本の縄のまん中あたりを左手に握っていたからだ。雪のうえを、縄の両端がひきずられたというわけさ」

空地の松の木の下には、大きな平たい石があった。

「首をつるまえに、この石に腰をかけたのでしょうね」と陶展文は言った。

「そうだ」警察官は、自分のお株が奪われるのを恐れるように、いそいで言った。

「木の下といっても、この石はだいぶはみ出てるから、雪は積った筈だ。その雪がきれいに払いのけられている。足あとからみても、ここに腰かけたことがわかる」

医師劉岳天は、その石のうえに立って枝に縄をかけたらしい。そのまえに、適当な枝を物色したにちがいない。あたりの枝や、葉に積った雪がみんな落ちているのだ。

「でも、気味がわるいですね」と、警察官の弟が肩をすぼめて言った。「王桓隆の予言どおりになったんですから。福仁さまの罰があたって、小柄な医者はこの松にぶらさがって死ぬ、――あの男は、そう予言したんじゃありませんか？」

「そうだ」警察官が言った。「もし雪が降りつづいていたか、それともはじめから降っていなければ、つまりこんな、はっきりした足あとさえなければ、わしは重要容疑者として王桓隆を喚問するところだ。なにしろ、日ごろの言動が怪しいんだから。……しかし、この雪のうえの足あとがなあ……」

松の木は王・劉家の塀から三十メートル。そしてそこから、南の道路までがやはり三十メートルあった。直径六十メートルの円周内には、ほかに立木は一本もない。劉岳天の靴のうえに人間の痕跡はなんにもない。これでは、どんなに怪しい人間がいても、他殺と疑うわけにはいかないのだ。

「縄をひきずっているのですから、覚悟の自殺でしょうね」と、警察官の弟が言った。

「あたり前さ」警察官は胸をそらせて、

「足あとを残さずに、三十メートルを跳べる人間がいたらお目にかかろう！」

「でも、あまりにも予言とぴったりですからねえ……」弟は首をかしげた。

このとき、陶展文が口をはさんだ。――

「三十メートル跳べなくてもいいでしょう。十五メートル跳べたら、足あとを残さずに松の木まで行けますよ。たとえばあの塀のうえからね」

警察官はオヤといった顔をして、陶展文のほうを見た。――

「どうして？」

陶展文は、空地の一点を指さした。塀から一本松までのちょうど中間に、直径半メートルばかり雪の積っていない個所があった。それは前から水溜りになったところで、降った雪は水に吸いこまれて融《と》けてしまったのである。水といっても、どろりとした真っ黒な泥水なのだ。

「まず、あの泥のところまで跳んで、それから松の木の下の石までもう一と跳びすれば、足あとを残さずにすみますよ」

と陶展文はにやにやしながら言った。

「十五メートルだって跳べる人間はいないよ、きみ！」警察官の弟は、口をとがらせて異議を唱えた。「しかも助走なしで！　だいたいオリンピックの走り幅跳びの世界記録だって、きみ、たしか…」

「まあいい。十五メートル跳べる人間がいると仮定してもいいんだ」兄貴の警察官は、弟のかたくなな若い厳密主義をたしなめるように言った。「石のうえまで足あとをつけずに跳びついた。いいね、そこで空地で雪見でもしていた劉岳天を殺したとする。ところで、一体どうして帰れる？　十五メートル跳べるんだから水溜りまでは戻れるね。しかし、そこからあの塀の上まで跳びあがるというのかね？」

塀の高さは二メートル半ほどである。

十五メートル一と跳びというような超人が、この世に存在するとは思えない。自信たっぷりな警察官は、寛大にもそんな、とんでもない仮定を一応許してくれた。しかし、十五メートルがぎりぎりの許容限度である。水溜りから十五メートルさきの、二メートル半の高さまで達したとすれば、実際にはさらに遠くまで跳べなければならないのだ。それでは、寛容な警察官が許した限界をはるかに超えることになる。

「塀はだめですね」陶展文は、そう言って、塀のうえを指さした。塀のうえに積った雪は、見わたすかぎり崩れたところがない。

「もしあの塀の雪が、どこかで大きく崩れていたら、わしは王家の主人を取調べる気になったかもしれない」と、警察官はにこにこしながら言った。

「仮りにですね」と、陶展文は、たずねた。「劉岳天が人に殺されたとすると、一ばん怪しまれるのは、やっぱり王桓隆なんですか？　ほかに劉岳天を恨んでいた人は、このあたりにいないのですか」

「劉岳天を恨んでいた人間？」警察官は首を大きく、横に振って、「とんでもない！あれはじつに気のいい医者で、かりそめにも人の恨みを買うような人物ではない」

「つまり、隣りの王桓隆のほかに、容疑者候補はいないわけですね。——もし、劉岳天が殺されたとしたら？」

「きみは、もしもとか、仮りにとか、さっきからさかんに仮定を立てているが、この場合、自殺以外に考えられないことはわかるだろう。見たまえ、この雪を。事実はこの純白な雪のように、明々白々なんだ。……が、まあ、純然たる仮定として考えた場合、容疑者は王桓隆のほかにいないだろう。つまり人殺しをするなんてやつは、どこかおかしいものなんだ。このあたりで、おかしいのは、まず熱心な福仁会信者の王旦那ぐらいだし……。いや、仮定も面白いかもしらんが、今はそんなことをしてよろこんでるときじゃないんだ。わしは、早く報告書を書かにゃならん」

そう言って、警察官は、現場からひき揚げようとした。

陶展文は、警察官の話を半分もきいていなかった。彼は雪に蔽《おお》われた空地をじっと見つめていたのである。

一面の銀世界だった。松の木とその下の石が、白い世界の中に大きな黒っぽいアクセントをつけている。今ひとつの小さなアクセントは水溜り（泥溜りといったほうがいいかもしれない）で、これも黒っぽい。それから点々と、松の木までつづいている靴のあと。

その足あとは、泥溜りの右がわすれすれのところを通っている。縄のあとは雪の表面を擦っているだけで、白の世界に黒をつけるまでにはなっていない。

警察官が立ち去ろうとして、二、三歩歩きだしたとき、陶展文はわれに返ったように、声をかけた。

「これは、確実に他殺です。コロシですよ。早く容疑者を調べたらいかがです？　いまからでしたら、まだホシは証拠を湮滅《いんめつ》していないかもしれませんよ。うまく見つけ出す可能性が、なきにしも非ずですよ」

3

「そして、わしらは証拠物件を見つけ出すことが出来たんだ」

ここまで言うと、陶展文は眠くなってきた。夕食のあとでビールを二本、がぶのみしたせいだろう。

「犯人は誰だったんだ？　やっぱり隣りの王桓隆だったのかい？」と朱漢生がきいた。

「そうさ」と答えて、陶展文は遠慮なくあくびをした。

「証拠物件というのは？」

「ながい縄さ。……王桓隆ご当人は階段からおちて、足を挫《くじ》いたといって寝ていたが」

「どうしてわかったんだ？　それより王桓隆が、どんなふうにして医者を殺したのか、そいつを説明してもらいたいね」

と、朱漢生はねだった。

「王桓隆は隣りの医者の家へ侵入して、用意の白い縄で首をしめて殺したのさ。王は常日ごろから、劉岳天には天罰が下るぞ、と予言していた。無類の信者だったうえ、子供を亡くして頭へきていたんだ。自分が福仁さまに代って、天罰を下そうという気になったのかもしれないねえ」

「大へんな野郎だな。…それで？」

「医者の家で殺したが、かねて予言しておいたように、松の木の下にぶら下げようとした。ところが、困ったことがおこった。というのは、相手の家へ押しこんだときは雪がさかんに降っていたが、松の木のところへ、ひきずって行こうとしたら、雪はやんでいたんだね。ずっと降っていたら、自分の足あとは、あとから降る雪で消されてしまう。しかし、このまま雪がやんでしまえば、すべてのあとが残るじゃないか。戸外《そと》を見ると、自分が来た足あとはもう雪で消されている。だが、これからが問題だ。王は懸命に考えて、いい方法を発見した」

「どんな方法なんだ？」

と、朱漢生は、目をかがやかせてたずねた。

「医者の家に、輪形に巻いた縄の束があったんだ。それを見て、王はヒントを得たわけさ。彼は自分のはいてきた布靴を懐にして、医者の靴をはき、死体を背負った。それから、縄の束を腕に通してぶらさげた」

「すると、あの足あとは王桓隆がつけたのかね？　しかし足あとは、行ったきりで戻っちゃいないが？」

「縄だよ」と、陶展文は言った。「輪形に巻いているが、かなり長い。自分の家の塀に沿って立っている楡の木のふとい枝に、その縄を投げて渡した。死体を背負っての ことだから、かなり苦労したろうよ。枝は、幹から斜めうえに伸びている。枝と幹のあいだを渡って戻った縄の端を片手にもち、もう一方の手にぶらさげた縄の束をだんだんゆるめながら、のばして歩いたわけさ。うまい工合に死体が小男なので、なんとかそんな作業が出来たんだね。そんなふうにして、彼は例の松の木のところまで行った」

陶展文は、ここで、また両手をひろげて、大きなあくびをした。朱漢生がからだをのり出して一所懸命にきいているのに、彼は、

「このへんでやめよう。眠くって仕様がない。あとは明晩のおたのしみ」と、腰をうかしかけた。

「いかん、それは絶対にいかん!」朱漢生は大声で抗議した。「そんなのをなま殺しといって、この世のなかで最も残忍な行為なんだぞ」

「残忍? ひどく大袈裟《おおげさ》な非難だな」陶展文は苦笑した。「そんなにまで言われちゃ、つづけにゃならんか……」

「そう、つづけてもらおう」

陶展文は、坐り直して、「ええっと、松の木の下まで行ったところだったな。……石のうえの雪をかきおとして、まず死体をそのうえに置く。自分も、坐ってみる。――そんな姿勢の足あとを作るためだ。それから石にあがり、ふとい松の枝に、むこ

うの楡の枝からのばしてきた縄の両端をしっかりと結びつけた。そこまでくると、輪に巻いた縄はあといくらも残っていなかった。なんにせよ、長さが足りたので、王は、ホッとしたことだろう。あとではかってみたら、きっちり六十二メートルあったよ。楡の枝から松の枝までの距離は、三十メートル半だ。縄は往復して、一メートルあまったことになる」

「なるほど、なるほど」と、朱漢生はうなずいた。

陶展文は、一と息ついてから、つづけた。――

「王は例の白い縄を使って、すでに死んでいる劉を松の枝につるした。靴をぬいで、医者の足にかえす。それから猿の木のぼりを横にした要領で、両手両足を使って、楡の木まで縄を伝って戻ったわけさ。あとで、王本人にきいてみると、ピンと張ったつもりの縄が、かなりたるんで、はらはらしたそうだ。が、枝がふとかったし、二すじの縄も強かった」

「そうか、それで帰りの足あとをつけないですんだわけか」

「そうさ。しかし、脱出用に使った縄は回収しなければならない。じつは王は、短刀を一本用意していた。劉を殺すとき、もし抵抗がはげしければ、そいつを使う必要があるかもしれないからさ。結び目は松の枝のほうだ。楡の枝のほうから回収するには、縄を切らねばならない。すると、縄は地上へおちる。片がわの端を手繰《たぐ》ると、落ちた縄は雪のうえをすべって松の木のところまで行く」

「あ、そいつが劉岳天のひきずった縄のあとの正体か」

「そのとおり。松の枝をぐるりとまわった縄は、再び雪のうえに落ちて、こんどは楡の木のほうへ戻ってくる」

朱漢生は、じっと考えてから、「縄は往復したんだね。それで、ひきずったあとが二すじついたわけか」

と、自分に言いきかせるように、呟いた。

「縄の回収は、大そう難しかったそうだ」と陶展文はつづけた。「とくに、二すじをなるべくくっつけるようにするのは骨が折れたらしい。が、なんとかうまく行った。そのあとで、王は楡の枝から自宅の庭へとびおりた。そのとき足を挫いた。――まあ、これが事件の真相なんだ。さ、もういいだろう？　わしはもう寝に行くぞ」

と、陶展文は、涼み台から立ちあがった。

朱漢生はあわてて、陶展文をつかまえた。

「さ、もう一ぺん腰をかけるんだ。まだみんなすんでいないじゃないか。どうして王桓隆が殺人犯であること、いや、劉岳天が自殺じゃなくて他殺だってことを見破ったか。この肝心なところを説明してもらおう」

「おやおや」陶展文はあくびをかみ殺しながら、不承不承涼み台に腰をおろした。

「断わると、またこの世で最も残忍な行為とおっしゃるだろうね」

「あたりまえさ」

「じゃあ、簡単に説明しよう。……また、話はしごく簡単なんだから」と、陶展文は前置きして、「まっ白な雪のうえに残されたものから検討すると、おかしいぞと、首をかしげたくなることが二、三あった。つまり、ひっかかるところがあったわけだ。どうだい？　漢生、あんたはわしの話をきいて、妙だと思った点はなかったかね？」

朱漢生は懸命に考えていたが、やがて諦めたように首を振って、

「わからないね」と白状した。

「まず第一に、足あとだが」と、陶展文は大儀そうに説明をはじめた。「さきにも言ったように、劉岳天という医者は、せかせかと歩くのが癖なんだ。わしはしばらくの滞在中に、なんべんかあの医者に会ったが、歩き方はいつもきまって擦り足だった。しかるにだ。雪のうえの足あとは、靴の裏のギザギザやサイズは、ぴったりと劉岳天のものと一致するが、歩き方はぜんぜんちがうんだ。警察官は『思いあぐね、思いなやむ』なんて言ってたが、それほど一歩一歩、きちんとあとがついている。劉岳天特

有の、あの擦り足の形跡が全くない。――これはおかしいだろう？」

「おかしいね」

　催眠術の暗示にかかったように、朱漢生は反射的に答えた。

「つぎに縄のあとだが、これが足あとの左がわ三十センチばかり離れたところについている。自殺を決意して、しょんぼりと死場所へむかうとき、だらりと両手を垂れているのが普通じゃないかね？　縄をもっていたら、そのひきずったあとは、足あとのすぐそばについていなけりゃならない。三十センチはなれているというから、左手をすこし、からだから離していたことになる。まるで出前もちだよ。これもおかしい！」

　陶展文の説明をききながら、朱漢生は自分の左手を、からだから離し、『出前もち』の恰好をして首をかしげた。

　陶展文は言葉をついだ。――

「最後に、決定的な疑問が一つあった。例の泥溜りというやつさ。わしはあれにこだわった。といって、十五メートル跳躍なんてことを考えたんじゃない。あれは足あとの左がわすれすれのところにあった。直径半メートルの泥だよ。左手でひきずったと思われる縄は、一たんその中にはまったにちがいない。だから、すくなくとも、両端にはちょっぴり泥がつくはずだ。ところが、首つりに使った縄は、真っ白なもので、とくに結び目の白さが目にしみるほどだった。――わしはそう言ったろう？　縄は両端にしみのあと一つない、きれいなものだったのさ。というのは、縄はべつにもう一本あるということじゃないかな？　泥溜りのあたりをよく見ると、かすかながらも、汚れたすじが前後についていた。あの泥溜りは円形といっても、不規則な形をしているので、それがあまり目立たなかったんだ。また、まわりの雪の厚さだけ低いのだから、泥につかったのは、ほんの縄の端だけだったのだろう……」

「ちょっと待ってくれ」と、朱漢生が口をはさんだ。「すると、最初あの医者がひきずったと考えられた縄も、その端が泥のところをとんで、渡ったかもしれない。それだったら首つり縄のほうに、泥がついていないことの説明になりはしないかね？」

「雪の厚さは三センチほどだった」と、陶展文は答えた。

「縄の端のひきずられた部分が三センチより短かければ、泥をとび越せた。だが、あの自殺用の縄を二つに折って手にもつと、どうしても十センチ以上は地上に残るのだ。それをわしは実験してみた。劉岳天は、わしよりずっと背が低いのだから、もっと長くひきずっただろう。だからどうしても、泥のなかにはまらねばならない。しかるに、そんな痕跡がちっともない。……とにかく、王桓隆のベッドの下から出てきた縄は、端のほうに泥のついたあとがはっきり残っていたんだよ」

4

「しかし、ひどいもんだなあ」と、朱漢生は言った。「自分の予言を実現させるために、人殺しをするなんて！　信仰もそこまで行くと、もう愛嬌もなにもあったもんじゃない。ひょっとすると、王桓隆という野郎は、福仁さまとやらいう神様が自分にのり移ったと、本気になって信じたのかもしれないね。その神様が、あの男を殺せと命令する。――いや、まったくゾッとするよ。とにかく、神様をやたらに拝む人間には、これからもお互い気をつけたほうがよさそうだ」

陶展文が横で、「ふん、ふん」とうなずいているのをききながら、朱漢生はつづけた。

「だけど、いくら神様が、のり移ったって、わが陶展文先生には、かなわないやね。縄の白さが目にしみた――それでもうわかっちまうんだから。まったくえらいもんだ」

そこまで言って、朱漢生がふと横を見ると、陶展文は腕組みをしたまま、こくりこくりと舟を漕いでいた。

朱漢生は、相手の肩に手をかけて揺すった。

「あんたもひどいね。ひとが折角ほめてるのに居眠りをするなんて」

「あ、……あ、あ」

と言って、陶展文は目をあけた。――

「え？　なんと言った？」

「あんたをほめていたんだ」と、朱漢生は言った。

「そうかい」

陶展文は目をこすって、まぶしそうに下界の夜景を見た。

新聞会館の壁に、ぼんやりと白いものがうかんでいる。

陶展文はハッとした。それが大都会のまん中に横たわる巨大なヌードと見えたのである。

彼はもう一度目をこすって、すかすように見直した。

――やっぱり、それは雪をかぶった富士山であった。

あれがヌードに見えるなんて――と、陶展文は心のなかで呟き、そして声に出して、

「わしもまだ若いなあ」と言った。

「若い？　どうしてまた急にそんなことを……」

朱漢生は、きょとんとした顔でたずねた。

「いや、なんでもない」

陶展文はしずかに首を振って、にやりと笑った。

縄の繃帯

1

瀬戸内海《せとないかい》の島の自慢話を、陶展文《とうてんぶん》は近所にいる原井《はらい》という会社員からよくきかされた。原井の兄が、瀬戸内海の島で旅館をしている。島の名は『姉島《あねじま》』、旅館は『姉島旅館』である。島には、旅館はここ一軒だけだ。

二年前の秋に行って、陶展文はあきれてしまった。三百人を収容できる旅館に、客は彼一人だけだったのだ。主人の話によれば、姉島は有名な海水浴場だから、夏場がにぎやかだという。

「いっぺん夏に来て下さい。こんなに淋しかありませんよ。うちも超満員になるんですからね」

主人の言葉は誇張ではなかった。陶展文は今年の夏、家族づれで再び姉島を訪れた。友人の原井が前もって連絡してくれていたので、やっと部屋にありつけたのだ。溢れた客は、民家に分宿している状態だった。

七月末の、快晴つづきの海水浴日和である。まったく賑やかだ。宿泊客のほかに、対岸の岡山県から日帰りの海水浴客も大ぜい島へ来ているらしい。浜の砂はきめがこまかく、芝生のような感じで、遠浅ときているので、なるほど海水浴にはもってこいである。対岸とは渡船の連絡があるが、そんなに遠くない。泳いでも渡れるのだ。

陶展文は、対岸からこの島へ十六分三十二秒で泳ぎついた。娘の羽容《うよう》がストップ・ウォッチで、時間をはかってくれたのだ。

もういちど力泳して、記録を更新しようと思い、娘にストップ・ウォッチの用意を命じたところ、妻の節子《せつこ》に、一喝された。

「年よりの冷や水ですよ」

娘の羽容も、にやにや笑いながら、「パパ、あんまり無理せんほうがええわ。ええ恰好みせようと思《おも》て」

妻や娘の言葉は、陶展文を傷つけた。年よりの冷や水とはなんたる言いぐさだろう。

五十といえば、これから壮年というところではないか。

それでも、妻が自分のからだを案じてくれていると思えば、ありがたいという気がしないでもない。だが、娘の言葉には、父親をからかう微妙な意味が、たしかに含まれているのだ。「ええ恰好みせようと思て」――近くに美しい山崎夫人がいるのを、陶展文は、かなり意識していた。

「そんなに心配してくれるのなら、わしは泳がないよ。この砂浜で、子供みたいに遊んでおればいいんだろ？　トンネルでも掘って」

と陶展文は言った。

山崎夫人の二人の息子が、砂浜にトンネルを築造中だった。小学校の五年生と三年生だから、いたずらざかりである。

山崎一家も、神戸《こうべ》から来たということだった。同じ土地の人というので、なんとなく親しくなったのだ。

「坊や、トンネル掘りを手伝おうか？」

弟のほうが顔をあげたが、すぐに兄貴のほうに視線を移した。どうしたらいいか、相談しようとしたのだろう。兄弟は顔を見合わせていたが、しばらくすると兄のほうが陶展文を見あげて、黙ってうなずいた。

それから陶展文は、トンネル掘りを手伝った。すぐに物事に熱中できるのが彼の特長である。彼は懸命に砂を掘った。

山崎兄弟合作のトンネルはかなり大規模だった。

陶展文はふと、この小さな兄弟の様子がおかしいのではないか、という気がした。他人がはいってきたので、はにかんでいるのだろうか――はじめはそう思ったが、それにしても、すこし妙なところがあった。

兄弟は、ときどき互いに視線をまじえる。と、その目にかすかにおびえの色がうかぶ。弟のほうが特にひどい。兄は、それにいたわるような目で応える。陶展文が連想したのは、共犯者同士が人にかくれてかわす表情である。二人だけの秘密があり、ほかの人は知らない。だから二人のあいだの連帯感はそれだけ強まるが、反面ほかの人にたいしては、ひどく警戒的になる。

(なにか二人でいたずらをやったのだ。おどおどしているところを見ると、それはまだバレていない)

陶展文は、二人の子供の様子を見てほほえんだ。秘密といってもどうせ子供のことだから、たわいもないことであろう。どこかのガラスを割ったのかな――と、彼は思った。

トンネルが貫通した。

「やっとできたね」陶展文は上機嫌で、兄弟に話しかけた。

二人の子供は黙っている。兄はすこし唇をまげて笑おうと努力したらしいが、ぎこちない表情になった。弟はかしこまっている。

こんな大きなトンネルが完成すれば、子供はもっとうれしがるものだ。とんだりはねたりしないまでも、満足そうににこにこするだろうに。

「君たち、どう？　おじさんがジュースをおごってやろうか」

「いらんわ……」と兄が小さな声で言って、首を横に振った。

弟のほうは物は言わなかったが、兄貴以上に大きく首を振った。

「あら、陶さん、どうもすみません。子供たちのお相手をしていただいて……」

水着姿の山崎夫人がやってきて、にこやかな顔で頭を下げた。

「いいえ、どういたしまして。可愛いお子さんですねえ」と、陶展文は答えた。

だが、ほんとうは、もっと子供らしさがほしいと、彼は考えていたのだ。この二人の子供に、天真さがいささか欠けているのは、母親のしつけがきびしいからだろうか。

そう思って、彼はあらためて山崎夫人を見た。豊満な肩が目にはいって、陶展文はまぶしそうに、目をしばたたいた。

2

浜辺でつい長居をしてしまった。いい加減にひきあげて、宿でビールでものもうと、陶展文は戻りかけた。宿の前で、彼は見おぼえのある男に出会った。相手もこちらのほうを見て、小首をかしげた様子だった。

陶展文は、すぐに思い出した。

「生田《いくた》署の原田《はらだ》さんじゃありませんか」

「おお、陶さんでしたか」原田刑事も、同時に思い出したらしい。「お見それしましたね。裸ですと、どうもよくわからないもんでしてな」

「海水浴ですか」

「そんなのんびりした旅行だといいんですがね」と、原田刑事は答えた。

「というと、お仕事で？」

原田刑事はうなずいた。

「ビールでものみませんか」

と、陶展文は誘った。原田刑事は喉《のど》をゴクンと鳴らした。このカンカン照りの真夏の午後にビールときくと、その誘惑にうちかつのはきわめて困難だ。

「さあ、行きましょう」

陶展文が歩きだすと、原田刑事も吸いつけられるように、そのうしろに従った。

二人は旅館にはいり、縁側に腰をおろしてビールをのんだ。

「いつまでご滞在ですか？」陶展文は、月並みな質問をした。

「ひる前に着いたばかりで、夕方にはもう帰らにゃならんのです。宮仕えはつらいもんでしてな」

「お仕事はもうおすみで？」

「まあねえ。アリバイ調べに来たのですよ。三宮《さんのみや》の山忠《やまちゅう》殺しの……」

陶展文は神戸を出るとき、新聞で山田忠吉《やまだちゅうきち》殺しのことを読んだ。この著名なやくざの親分は、三宮の妾の家で、何者かによって刺殺されたのである。

「おや。あの事件が、この姉島となにか関係があるんですか」

「山田組を脱退した池村《いけむら》一党が、動機からみれば一ばんくさいわけでしてね。げんに、池村の子分の岸本《きしもと》という男――いや、岸本らしい男を、あの日三宮で見かけたという聞き込みがあるんです。情報提供者は黒眼鏡をかけていたが、たしかに岸本だとかなり確信してましたよ。ところが事件の日、つまり二十六日には、池村一党十八人がこの姉島に前日からやってきて、二十七日まで滞在しているんです」

「十八人のなかに、その岸本という男がいたのですか」

「連中はいたと言うのです。むろん仲間の言うことだから信用は置けませんよ。が、旅館の番頭や女中に岸本の写真を見せると、たしかにこの男は来ていたというのです。宿についたとき、番頭といろんな交渉をしたのがこの岸本で、帰りに金を払ったのも彼だったそうです」

「二十五日から二十七日まで、三日間でしたね。来たときと帰りはいても、途中で抜けていたかもしれませんよ」

「そうです。神戸へは、無理をすれば日帰りで往復できますよ。それに、渡舟に乗らなくても、泳いで本土へ渡れますからね」

「すると、岸本のアリバイは怪しいものじゃありませんか」

「そうなんですが」原田刑事はうんざりしたように、「でもね、写真があるんですよ、写真が。みんなでうつしたのがね。それが二十六日の午後二時すぎ、つまり山忠の殺された時刻にうつしたことがはっきりわかっているんです」

「おや、どうしてそんなことがわかるんですか?」

「そのとき女中が、たまたま部屋にいたんですな。むろん女中は、岸本を見たわけじゃない。十八人というと相当な人数ですからね。でも、写真をとるところを女中が見ていて、出来あがった写真に岸本がいるんですよ」

「あとでうつしたのか、それとも前日にとったのじゃありませんか？　二十六日には撮影する恰好だけして……」

「それも考えましたよ。だけど、女中の証言と完全に一致するんですな。たとえば、セルフ・タイマーをおした男が、みんなのところへ戻るのがおくれ、あわててとびこんだ姿――そいつがちゃんとうつっていたんです。女中にきくと、両手を前にのばして、すべり込みの恰好をしたというんですが、そのとおりうつっていましてね」

「女中はなんの用で、そこへ行ってたのですか？」と、陶展文はきいた。

「お茶をもって行くように言われたらしいんですがね」

「女中が買収されたという可能性はありませんか」

「ないですな」と言って、原田刑事は首を振った。「なにしろ、十八人という人数ですから、湯のみ茶碗だけでも多いでしょう。だから、女中が二人行ったのです。女中にもあたってみましたが、二人とも買収されたなんて、とても考えられませんでしたよ」

「絶対確実じゃありませんが、まあ、わりと強いアリバイですな」

「そうなんですよ」原田刑事は一枚の写真をとり出して、陶展文に示した。

「これが問題の写真ですがね」

陶展文は、写真を手にとった。見ると、部屋の中からうらの縁側にむけて、斜めにうつしたものである。

旅館の正面は海に面しているが、うしろは狭い庭に、崖がすぐに迫っている。庭といっても、松の木が三本生えているだけの、いたってそっけないものだ。

この旅館が、海水浴客のためのものであるばかりか、姉島そのものの生命も、清澄な海とおだやかな砂浜にある。だから、すべてが海にむけられているのも無理はない。裏の庭などはほんのつけ足しにすぎないのだ。みごとな海浜があるのに、誰が好んで、けちな崖を眺めるために裏庭へ出るだろう。

陶展文は、目のまえの裏庭と写真とを見くらべた。――庭というよりは、旅館の建物と崖のあいだに、あまりもののようにできた空地といったほうが、いいだろう。

姉島で記念撮影をするなら、海を背景にすべきである。なんの変哲もない松の木と、無愛想な崖を背景に写真をとるなどすこぶる芸のない話だ。――陶展文はそう思った。

「こいつが岸本ですよ」

後列右から三人目の男を指でさして、原田刑事が教えた。岸本というのは平凡な顔をしている。冷酷そうな薄い唇が、特徴といえば特徴だが、さして目立つほどでもない。

「角度からみると、どうやら隣りの部屋からうつしたものらしいですね」と、陶展文は言った。

「そうです。池村一行十八人は、三部屋占領していましたよ。この部屋もそうです。ここから東へ三つの部屋――あの連中がいたころは、襖《ふすま》をはずして、三部屋をぶち抜きの大広間としゃれていたそうです」

「この写真で見ると、左手の襖は、しめているようですね。ちょっとうつっているでしょう？」

「そう！」原田刑事は答えた。「光線の関係かなんかでしめたんでしょうな。これはトリミングしないで、ネガをそのまま引き伸ばしたもんです。写真としちゃ下手くそですよ」

そう言えば、上手なうつし方ではない。十八人もいるのだから、画面一ぱいに人物がはいるようにするのが順当だろう。それなのに、この写真では全員がかたまりすぎている。そして、上方と左がわに余白ができているのだ。

「ほんとに下手ですね」と、陶展文は相槌《あいづち》をうった。「これだけスペースがあまってるんですから、なにもこんなに窮屈そうにかたまらなくてもいいのに」

やくざの一行は、肩と肩をくっつけている。前列の最左端に、『すべりこみセーフ』よろしく、両手をあげてとびこんだ男がうつっていた。これが例のセルフ・タイマーのシャッターをおした男であろう。定位置につくまえにシャッターがおりたので、こんなぶざまな恰好をさらしたのだ。

「右手の襖をあけて、隣りの部屋の端からうつしたらしい。なんというばかげたうつし方でしょうな。あんな連中ですから、写真のことなんか皆目わかっちゃいないんですよ」

原田刑事の口ぶりでは、彼はカメラに相当な心得があるようだった。

それにしても、ひどいとり方だ。ファインダーなんかのぞいたこともない男がセットしたのだろうか。いくら『あんな連中』といっても、十八人もおれば、一人ぐらいはまともに、カメラの操作のできる男がいそうなものである。

「左がわだけじゃなく、上もがらあきですな」と、陶展文は呟《つぶや》くように言った。

彼は写真を見ているうちに、妙な気持になってきた。十八人の男は前列が坐り後列が立ったりかがんだりしているが、写真の下部は彼らの足すれすれだった。それなのに、上は気まえよくスペースをとってある。庭の松の木が一本、枝の端まできれいにうつっていた。部屋からみて、一ばん左の松の木である。——が、陶展文がとくに首をかしげたのは、左上方にかけた柱時計を認めたときだった。時計は二時十五分をさしていた。

「時計までうつっている……」と、陶展文はまた呟いた。

「二時十五分になってるでしょう？　ところが、じつは二時十分なんですよ。時計が五分進んでおりましてね」と、原田刑事は説明した。

「どうしてそんなことが？」

「時計がとまっていましてね。あの連中が撮影のまえに、女中に時間をきいたそうです。女中が二時十分だと言うと、連中のうちの一人が踏み台にのぼって、時計の針をうごかし、ネジをまいたんですよ。そんなことはこちらでしますと、女中は言ったが、その男、『いいよ、おれがやるから』と、時計を直しちまった。

――ところが、そのとき五分進めたんですな。『時計というものは、五分ぐらい進ませておいたほうがいいんだ』なんて言いながらね」

「時計がうつっているのは、なんだかキナくさいように思いますが……」

3

「こっちだってそう思ったですよ」と、原田刑事は答えた。「しかし、女中は信用が置ける。……あるいは、あのときフィルムを入れずにうつすふりをしただけで、岸本が山忠を殺して帰ってから、こっそりうつしたのじゃないか——そう思ってしらべましたよ。外国の探偵小説にありましたな、時計塔をうつして時間のトリックをしたのが。時計の針は細工したけれど、塔の影の長さでバレたという結末でしたがね。この写真には、松の木の影がうつっておりますよ。その影の長さをはかりましたが、まちがいありませんな。二時すぎの長さでした」

時間はたしかかもしれない。しかし、日づけにまちがいはないだろうか？　写真をとったのが二十六日だとすると、岸本は完全に白なのだが。——陶展文は、そんなことを考えていたが、眠くなってきた。

彼が小さなアクビをかみころしたのを見て、原田刑事は立ちあがった。

「わたしも眠くなりました。帰るまでまだすこし時間がありますから、部屋で昼寝することにしますよ。……ああ、今日はくたびれ儲けか」

原田刑事が部屋から出て行ったあと、陶展文は一時間ほどぐっすりと眠った。目をさますと、頭脳は明快である。妻の節子が戻っていて、団扇《うちわ》であおいでくれていたのだった。

「やあ、よく眠った」

「そりゃそうですよ」と節子は言った。「あれだけ泳ぎなすったもの」

陶展文が立ちあがって、大きなノビをしたとき、女中がお茶をもってはいってきた。

「きみかね、池村組の一行が来て写真をとってたとき、部屋にいたのは？」と、陶展文はたずねた。

「そうです」と、女中は答えた。「こちらがわの部屋は、あたしの受けもちですよって」

「岸本という男を、きみは見たのかね」

女中は首を横に振って、「あんなに大ぜいさんですよって、いちいち顔を見てやしませんわ」

「にぎやかな連中だったろう？」

「ええ。そりゃ、冗談ばっかり言うて。そやけど、品《ひん》のわるいこともおっしゃったわ」

「どんなこと?」

「あたしに、ヌード写真のモデルになれやなんて」女中は、少し顔をあからめたが、

「あたし、団扇でその人ぶってやったわ。ぐずぐずせんと、早よ行き、ゆうて……」

「どこへ行くの?」

「そうかて、あの人自動シャッターおしてから、そんな冗談言うんやもん。早よみんなのとこへ行かなんだら、写真にうつらしませんもんね」

「シャッターをおしてから……」と、陶展文は考えこんだ。

「その人、あわててとんで行きはった。すべりこみやったわ」

女中が出て行ったあとでも、陶展文はしばらく腕組みをはずさなかった。

「気に入らん!」と、彼は呟いた。

「気に入らん?」妻の節子がおうむ返しにきいた。「あの女中さんが? あの子、さっぱりしていい性質と思うけど」

「あの女中さんのことじゃないよ」

陶展文は裏庭へ出ようとしたが、庭下駄がなかった。宿泊客が散歩しようとすれば、海辺のほうにきまっている。裏に庭下駄を置いていないのは、あたりまえかもしれな

い。

「ビーチ・サンダルを出してくれ」と、陶展文は妻に言った。

節子は、ズック袋からサンダルをとり出した。

「庭を歩いてくる」

陶展文はサンダルをひっかけ、庭へ出て歩いた。心のなかでは、まだ『気に入らん！』とくり返しながら。

西のはしまで行く。一ばん西の部屋は縁側の障子を開け放してあった。人がいるのだ。そこは山崎家が泊っている部屋である。庭からのぞくと、ゆかた姿の山崎夫人が正座して、そのまえに、二人の子供が膝をそろえてかしこまっていた。そばには、荷物がきちんとまとめられている。

「奥さん、今日お帰りなんですか？」

陶展文は、庭から声をかけた。山崎夫人はふりむいて、にっこり笑った。

「ええ、いつまでもいるわけにもいきませんわ。二十五日から来ているんですものね」

山崎夫人のにこやかな顔に比べると、その前に並んでいる二人の子供は、神妙すぎるほど神妙だった。お叱言《こごと》かな？　と陶展文は思った。彼の顔に、そんな疑問の表情を認めたのだろう、山崎夫人は言った。

「反省会をひらいていますの。うちではなにかあったあと、反省会というのをひらいて検討するならわしですのよ」

遊んだあと、こんな鹿爪《しかつめ》らしい会があるとわかっていたのでは、さぞ窮屈なことだろう。――陶展文は、山崎家の兄弟に同情した。

山崎夫人は、子供たちのほうにむき直って、

「こんどは、だいたいお行儀がよかったわ。来た当座はちょっとおいたでしたけど、すぐおとなしくなりましたね。これはいいことですわ。木の枝に縄をぶらさげて、ぶらんこしてたのをママにみつかったでしょ？　あれから、そんな危いぶらんこ遊びはしておりませんね？　正直に言いなさい。茂夫ちゃん、どうなの？」

茂夫ちゃんというのは弟のほうらしい。

「そのあと、一回だけしました」と言って、頭をさげた。

山崎夫人はわが意を得たように、うなずいた。母親としての自分の威厳が、息子に反省心をおこさせ、正直に悪事を白状させたことに満足したのだろう。――だが、まだかくしていることはあるまいか？

「ほんとに一回だけなの？」

母親のこの質問は、茂夫くんをいたく傷つけたらしい。正直に言ったのに、まだないかとほじくり出そうとする。たまったものじゃない。茂夫くんは口をとがらして、

「一回だけや。一回で枝が折れてしもたもん」

あわてて口を噤《つぐ》んだが、おそすぎた。

ママにきこえてしまったのだ。茂夫くんは、言ってはならぬことを口走ったのである。

兄貴のほうは、弟のこの無謀な発言を阻止しようとしたのか、すこしからだをかたむけたが、むろん、もう手おくれだった。

「枝を折ったですって？」

山崎夫人は、しずかに言った。ママがこんなに、ゆっくりと物を言うときが一ばん危いのだ。嵐のまえの静けさだということを、二人の兄弟は本能的に知っている。二人ともうなだれて、両手で膝がしらをつよくおさえた。

他人の家庭の反省会とやらを、そばで見るのはのぞき見趣味に近い。陶展文は早々に立ち去るべきだったのに、さっきから動こうとせず、ずっと立っていた。

それには二つの理由があった。この兄弟には、二人だけの可愛い秘密があるのではないかと、彼は前から推測していたその秘密がなんであるか、どうしても知りたいと

いう好奇心が抑えきれなかったのだ。

もう一つの理由は、あまりにもしつけのきびしい母親から、どんなきついお仕置きを兄弟が受けるかもしれない――と心配したからである。他人が庭につっ立って見ておれば、まさかひどいことはあるまい。――いわば、小さな二人の兄弟を助けるつもりもあったのだ。

「あそこの木の枝です」観念したように兄貴のほうが、庭の一ばん左の松の木を指さした。

「どうして折れたのです?」

「ぶらんこの縄をかけてぶら下ったら、枝がメリメリと音を立てたんです」

と、兄貴は答えた。さきにうっかり白状したのは弟だが、さすがは兄貴だけあって、全責任を負うつもりで悪びれずに答弁した。

「それからどうしました?」母親の声はきびしい。

「ポキンと折れたんとちがいます。まだ皮はつながってたんです。そいで……」

「それで、どうしました?」ママは、追及の手をゆるめない。

「そいで、ぶらんこに使った縄をしばりつけたんです」

母親は、その説明がよくわからなかった。それまでシュンとしていた弟の茂夫くん

が、急に勢いづいたように、

「繃帯や。手の骨折った人がようしてるやろ、あの繃帯や」と叫んだ。

母親は、問題の松の木をためつすがめつ見ていたが、やがて納得したようにうなずいた。

陶展文は、もう松の木の下へ行っていた。一ばん下のふとい枝に、ぐるぐると縄がまきつけてある。つまり繃帯をしているのだ。彼はそれをたしかめると、すぐにとって返し、縁側から大きな声でたずねた。

「あの繃帯をしたのはいつ？」

「着いた日の夕方」と、兄貴のほうがけげんそうな顔で答えた。陶展文のたずね方が、あまりにも熱をおびていたので、何事だろうと思ったにちがいない。

「奥さんたちがお出でになったのは、たしか二十五日でしたね？」と、陶展文は山崎夫人に確認を求めた。

「ええ、そうですわ。二十五日の朝に着いたのですよ」山崎夫人も、妙な顔で答えた。

「どうも、ありがとう！」

と言い残して、陶展文は駆けだした。自分の部屋の縁側から威勢よくとびあがったので、おどろいた妻の節子が、

「なんです、子供みたいに！」とたしなめたほどである。

陶展文のぬぎすてたサンダルは、行儀悪くはなれればなれに庭にころがった。ご本人は妻の言葉も耳に入らばこそ、部屋を素通りして廊下へ出た。

めざすは、原田刑事の部屋だったことは、言うまでもない。

原田刑事は一と眠りして、起きたところだった。帰り支度といっても、手さげ鞄一つだけである。収穫のなかった出張旅行から、重い心を抱いて、真夏の暑いさかりをこれから帰らねばならない。世話になった島の警察署に寄るのも、大儀な気がする。

――どっこいしょ、と彼が立ちあがったとき、陶展文がとびこんできた。

「もう一ぺん写真を見せて下さい」挨拶《あいさつ》ぬきで、陶展文はいきなり用件を切り出した。

「写真？　ああ、さっきのですね」原田刑事は、鞄をあけながら、「しかし、写真がどうかしたのですか？」

「とにかく、見せて下さい」

原田刑事が鞄からとり出した写真を、陶展文は奪うようにうけとって、松の木を見た。――その枝のところに目をこらした。

縄の繃帯はなかった。

「原田さん。この写真は、時間にまちがいはないかもしれませんが、日がちがいます。

二十六日じゃなく、二十五日にうつしたものですよ」

4

むろん、後日譚《ごじつたん》がある。岸本のアリバイはみごとに崩れた。やっぱり犯行のあった二十六日には、フィルムを抜いて撮影の恰好だけしたのだ。実際にうつしたのは二十五日だった。

岸本が犯行を自供したとき、原田刑事はわざわざ電話でそれを知らせた。電話のついでに、もういちどお礼の言葉をくり返したのは言うまでもなかろう。

「べつにお手柄というほどではないね。運がよかっただけさ。縄の繃帯のことをあの子供からきかなければ、あやしいと思いながらも、きめ手のないところだったよ」

北野の涼み台で、陶展文は朱漢生《しゅかんせい》を相手に、うまそうにタバコをすいながら言った。

「はじめから、怪しいと思っていたのかい？」

朱漢生は、誘導するようなたずね方をした。

「そりゃもう、怪しいことだらけだったよ」と、陶展文は答えた。

「第一に、あの写真の構図がおかしい。十八人がかたまりすぎて、上と左がひらきすぎている。あれは、左上方にあった時計を入れるためなんだな。そのおかげで、例の松の木がはいっちゃった。枝に繃帯していない松の木がね……第一に、あの時計だよ。五分進めたのは前日、実際に撮影したのが二時十五分だったからにちがいない。自分の時計じゃあるまいし、旅館の時計を進めるなんておかしな話だし、女中が直そうというのを断わったのも、なにかいわくありげだった。セルフ・タイマーのシャッターをおした男がすべり込みをしたのは、女中に印象を与えるためだろう。前日そんな写真をとって、同じことをもういちどやった。いったい、自動シャッターをおしてから、女中をからかうなんて、常識はずれだよ。でも、ああして時間をつぶさなければ、悠々と間に合って、前日の写真とちがってくるからね。そう、女中をあのときわざわざ呼んだのは、有利な証言者をつくるためだったろう……とにかく、こまかい細工をしたのだが、どんな精巧な細工でもほんものとはちがうんだ。どこかおかしい。健全な精神には、なにかこうガリッと軋《きし》むところがあるわけだ」

「健全な精神は、健全な肉体に宿る、だな。ひとつからだをきたえようか」

朱漠生は、陶展文の逞《たくま》しい腕をながめながら、しみじみと言った。

「からだをきたえるには、水泳が一ばんいい。全身の運動だからな」と、陶展文は言った。

「じゃ、ヒマになったら、この姉島とかいう島へ水泳に行こうかな。連れて行ってくれるかい？」

陶展文は、うわの空だった。夕方、元町《もとまち》で偶然山崎夫人を見かけたことを、彼は思い出したのだ。――粛々《しゅくしゅく》と歩をはこぶ夫人のうしろで、二人の腕白小僧が、しきりに、帽子のとり合いをして暴れていた。母親がすこしでも立ちどまったり、ふりむくような気配をみせると、二人はピタリといたずらをやめて、神妙な顔をした。

「え、なんと言った？」と、陶展文は問い返した。

「なんだ、きいてなかったのか？」朱漢生はあきれた顔で言った。

「いつか姉島へ連れて行ってくれと頼んだのさ」

「いいとも、連れて行ってやる」と、陶展文は上機嫌で答えた。

「あそこはいいところだよ。もう一ぺん行ってみたいな」

崩れた直線

1

神戸《こうべ》の六甲山麓《ろっこうさんろく》にある小さなアパートの一室を、衣笠健次《きぬがさけんじ》は二月《ふたつき》まえに借りたばかりであった。

そのアパートは二階建で、上下各四室、計八室しかない。玄関をはいって、すぐ左手の部屋が彼のねぐらである。

「ほんとに狭いねえ」

と、彼の叔母《おば》は部屋を見まわして言った。

だが独身の健次は、それほど荷物もないので、六畳と炊事場兼用の三畳の二間も、けっして狭いと思わなかった。

「それに古いわねえ。なんだかカビくさいにおいしない？」

叔母は眉《まゆ》をしかめた。

「そのかわり、家賃が安いで」

「そうね、あんたも結婚資金を貯めなきゃいけないわね。でも、お嫁さんを貰《もら》ったら、もうすこし新しい部屋をみつけなさい。ここでは、新婚生活はむりよ」

「まだまだ」

健次はにやにやしながら答えた。

引っ越してから、身内の者以外は、誰も来たことがない。

遠山修平《とおやましゅうへい》が訪問客第一号であった。

健次は高校を出てから、叔母のすすめで神戸の東南ビル地階にある『桃源亭《とうげんてい》』という、中華料理店につとめた。叔母は中国人と結婚している。彼女の夫の陶展文《とうてんぶん》が、桃源亭の経営者だったのだ。

高校時代の同級生遠山修平は、東京の大学にはいり、現在は大学院で勉強している。

その遠山が、ふらりと桃源亭にはいってきたのである。

「やあ、遠山やないか。久しぶりやな」

と、健次は声をかけた。

彼らは兵庫県の田舎《いなか》の高校で机をならべた仲である。遠山は以前、帰省のついでに神戸に立ち寄って、ときどき桃源亭をのぞいた。ところが、この二年ほどのあいだ、彼はすがたをみせていない。

「たしかに久しぶりだね。忙しくて、なかなか故郷《くに》にも帰れない」

と、遠山は言った。

「そうか。……」

故郷の田舎町の噂《うわさ》は、近くにいるせいで、健次の耳にもよくはいる。遠山の父の事業が思わしくないという話もきいたことがある。

「それより、今晩、神戸に泊るつもりだが、どこか宿を紹介してくれないか？」

と、遠山は言った。

時計の針は、午後八時をまわっていた。

オフィス街にあるので、桃源亭は店じまいがはやい。八時をすぎると、もう客はほとんどいなくなって、あと片づけにかかるのだ。

「これからかいな？　ちょっと遅いな。よかったら、おれのアパートに泊ったら？　狭いとこやけど」

「迷惑じゃないかな？」

「なあに、おれ一人だけや。誰に気がねせんでもええ」

「そうか、……じゃ、遠慮なくお世話になろうか」

「それがええ。あとで一しょに帰ろう。もうすぐや。そや、待ってもろとるあいだに、ラーメン食うといてくれ。すぐつくってやるからな。おれのおごりや」

「それはありがたい。ちょうどお腹がすいてたんだ」

「それにしても、ほんまに久しぶりやな。もう二年ほど会うてないのとちがうか？研究で忙しいンやろ？」

「まあ、いろいろとね」

東京暮しがながかったので、どうやら遠山は東京弁が身についてしまっている。関西弁の健次は、どうもこの旧友とうまくかみ合わないかんじがした。

高校時代、秀才の遠山は、一年生のときからクラス委員で、生徒会長をしたこともある。頭が切れるうえ、秀才のつめたさがないので、下級生からも信頼されていた。親身になって、友人たちの相談相手になったものである。

健次は成績はよくなかったが、遠山とは気が合って、学校時代は親しくつき合った。しかし、進学を断念して庖丁《ほうちょう》をもっている自分と、大学院で研究生活を送っている遠山とでは、もうずいぶんかけ離れてしまったのではあるまいか？——旧友の東京弁をききながら、健次はなんとなく侘《わび》しい気持になるのだった。

それでも、遠慮なくアパートに泊るという遠山のことばに、やっぱり仲間だなあ、と安心してしまうのである。

「今晩、一杯やりながら話でもしようやないか」

と、健次が言うと、

「それはいいね」

と、遠山はうなずいた。ただし、それほど気が乗っていないようなかんじである。

（学問をやると、あんなふうになるんだ）

友人その人のせいではなく、学問というやつがそうさせたのにちがいない。――そんなふうに、健次はまるで遠山にかわって、自分に弁解している。そんな自分に気づいて、彼は思わず苦笑をもらした。

「健次、おまえのところ、酒はあるのかね？」

桃源亭主人陶展文は、妻の甥《おい》とその友人のやりとりをきいていたが、彼らの会話のとぎれたときに、口をはさんだ。

健次は頭を掻《か》いた。

彼はアルコールにかけては、ブレーキがきかない。自分の部屋に酒を置いてあれば、それをぜんぶ飲んでしまわねば気がすまない性質である。

叔母に説教されてから、毎日、店で一升瓶に三分の一ほど残ったのを、もらって帰ることにしていた。

「今日は、一升瓶の封の切っていないやつをもって帰れよ」

と、陶展文は言った。

粋《いき》なはからいである。陶展文は五十歳の男ざかりで、拳法できたえたからだは、鋼《はがね》のように逞《たくま》しく、顔のツヤのよさは、彼を年よりいくらか若くみせていた。

「へ、へ、へ……」

と、健次は笑った。

「あと片づけはいいから、はやく帰れ。せっかく友だちが来てくれたのだから」

「そしたら……」

健次はラーメンを食べ終った遠山と連れ立って、陶展文心づくしの一升瓶をさげ、六甲山麓のアパートに戻った。

その晩、二人の旧友が、茶碗酒でおそくまで語り合ったのはいうまでもない。

同級生たちの消息が、彼らの話題にのぼったのもとうぜんであろう。

「おれのように、あつかましくおしかけるやつはいないだろう?」

遠山は健次の厚意に甘えたのを気にしたのか、そんなことを言った。

「いや、たまにはおるで。徳村《とくむら》なんか、ちょいちょい来よったわ」

「徳村か。あいつ……」

語尾がかすかな舌打ちにつながった。

健次には相手の感情がすぐにわかった。むかしから、遠山は同級生の徳村進《すすむ》が嫌いだったのである。健次自身にしても、それほど好きではない。

「なんとなくぬらぬらした男や。トカゲみたいなかんじやな、あいつは」

健次は茶碗に残った酒を、一息《ひといき》にのみほして言った。

「トカゲどころじゃないよ、徳村は。……しょっちゅうやって来るのかい？」

「いや、おれがここに引っ越してからは、まだ来たことがない。場所がわからんのかな？」

「やつはなにをしているんだ？」

「カメラマンやと、自分では言うとるが、それでメシが食えるンかどうか、それは知らん」

「どうせ一人前のカメラマンじゃないだろう」

「おれもそない思うな。学校時代から、あいつはサボることばっかり考えとった男や。

マジメにカメラの勉強なんかやってないやろ」

「泊りに来るのか？」

「いや、あいつは昼寝専門や。徹夜の仕事があったいうて、おれが店に出てるあいだ、ちょっと部屋貸してくれ——そんな調子や」

「徹夜の仕事？　バクチじゃないか？」

「そんなとこかもしらんな。おれが出勤するまえにやってきよるから、鍵渡しておくンや。昼寝がすんだら、あいつ、さっさと帰ってしまう。部屋しめて、鍵を管理人に預けて、そいで、さいなら、や」

「あいつとは、あまりつき合わないほうがいいね。おれはそう思う」

「そやけど、追いかえすわけにもいかんで。むかしのクラスメートやから、そないつめたいことでけんわ」

「おまえは相変わらずお人好しだね。だけど、徳村は悪い人間だよ。社会の害虫だね。あんなやつはたたき殺したほうが、世のため人のためになる」

健次は遠山のことばのはげしさを、意外に思った。むかしから、おだやかな人物だったのだから。

（いや、そういえば、おとなしい反面、どことなく熱っぽいところもあった）

健次は学校時代のことを思い出した。

遠山は正義感のつよい少年で、その胸には情熱がひめられていたようだ。なにが原因であったか。健次はもう忘れてしまったが、遠山がおそろしい形相《ぎょうそう》で上級生に食ってかかるのを、いちどだけ見たことがある。

（遠山が……）

と、そのとき驚いたのである。

いざとなれば、なにものも怖れない炎のようなものが、遠山のなかにあるようだった。

徳村進のことが、そんなふうにその晩の話題にのぼった。が、翌日、ほかならぬその徳村が、健次の部屋の訪問客第二号になろうとは、二人にとっては、思いもかけないことだった。

2

桃源亭はおもにビルの勤め人相手の食堂だから、昼食どきがピークで、退勤後の腹ごしらえまでがその担当範囲ということになる。だから、衣笠健次は毎朝、十時ごろに店に出る。

いつもは八時半に起きるが、遠山とおそくまで話しこんだので、その日眼がさめたのは九時すぎだった。遠山はすでに起きていて、洗面もすませ、スポーツシャツに背広までつけて、タバコを吸っていた。

健次はあわてててはね起きた。

「急ぐンか?」と、彼は遠山にきいた。

「まあね」

「朝飯はどこか、そのへんの早朝喫茶でパンでも食おうや」

健次がおそろしいスピードで歯をみがき、顔を洗い、身支度をととのえたころ、ドアにノックの音がきこえた。

「誰やろ、こんな早よから……」

ズボンのチャックをひきあげながら、彼はドアをあけた。

「うまいこと間に合うた。まだ出勤まえやな」

声とともに部屋のなかをのぞきこんだ男は、昨夜、話題になった徳村進だった。

「おや、お客かいな?」

徳村はすぐにはその客が同級生の遠山であることがわからなかったらしい。

「遠山やで」

と健次が教えると、徳村は、

「わあ、こらあ珍しいやないか」

と手をあげた。遠山はちょっと顎《あご》をひいただけで、なにも言わなかった。

「ようここがわかったな」

と、健次は徳村に言った。

「おまえが引っ越したことは、一週間ほどまえに、坂口《さかぐち》にきいたよ。場所もあいつに教えてもろてな」

「道理で……」

坂口は東南ビルの近くの船会社に勤めている男で、彼らの同級生の一人であった。よく桃源亭に食事をしにくる。健次はその坂口に、雑談のついでに、引っ越した場所をしらせてあったのだ。

「昨夜《ゆうべ》、また徹夜したよって、頼むで」

と、徳村は言った。

「ま、かまへんけど、前のアパートとちごうて、ここは管理人がおらんけど、鍵はどないするかな?」

「どうせ盗まれるようなもンあらへんやろ」

「無責任なこと言うな。……そや鍵渡しとくから、帰るとき玄関の牛乳箱にほりこんでくれ。牛乳箱は八つほどならんでるけど、隅っこに衣笠と書いとる箱や」

健次はポケットから部屋の鍵をとり出して、徳村に渡した。

徳村はもう部屋にはいりこんでいたのである。

遠山は徳村と会うのは何年ぶりかであろうが、よそよそしかった。徳村は構わずにショルダーバッグをおろして、あぐらをかいた。

「また撮影かい？」

と、健次はきいた。相手の眼が赤い。ほんとうはバクチかもしれないと思った。

「このごろ、忙しイてな……そやけど、おまえもよう引っ越す男やで。一年に一ぺんやっとるンちがうか？」

「一年半に一ぺんのわりや」

「移るたびに、部屋がだんだん悪うなってきよる」

徳村はあたりを見まわして、そう言った。

「いやなこと言うな」

と、健次は苦笑した。

「おれ、予言しとくけど」徳村はにやりと笑って、「ここは半年以内でまた引っ越すやろ。おれは半年に一ぺんほど昼寝にくるけど、このつぎくるときは、もうこことちがうやろ」

「それは、おれにもわからんこっちゃ」

「そやけど、こんなとこでも、あとになったら青春時代の思い出の遺跡になるンやぞ。おれ、記念に写真撮《と》っておいたる」

「遺跡やら記念やら、大袈裟《おおげさ》なこと言うな」

「遠山もおるから、ちょうどええチャンスや」

徳村はショルダーバッグをあけて、カメラを取り出した。

「おれはけっこうだ。写してもらう必要はない」

と、遠山は言った。その声はとげとげしく響いた。健次がハッとしたほどである。

だが徳村は表情をかえなかった。

「部屋を撮るのが目的や。人物は付録みたいなもンやから、べつにはいってもらわんでもええぞ」

徳村はカメラの裏蓋《うらぶた》をはずして、フィルムを装塡《そうてん》した。

だらしなく口をひらいたバッグのなかには、箱にはいった未使用のフィルムがあと三個と、望遠レンズがはいっているだけで、ほかにはなにもなかった。

そのうしろに立っていた遠山には、それが見えた。彼は口を歪《ゆが》めて、

「徹夜の撮影から、まっすぐここへ来たわけだね？」

これが、久しぶりに会った同級生への、遠山の最初のことばであった。

「そうやで」と、徳村は答えた。

「徹夜で撮ったフィルムはどうした？　バッグには新しいフィルムしかはいっていないようだが。……ポケットかい？」

そうきいた遠山の顔には、冷笑がうかんでいた。

徳村は両手で、背広の左右のポケットのうえを、ぽんとたたいて、

「撮影ずみのフィルムは預けてきたよ。現像せんならんよって」

「専門のカメラマンは、現像も自分でするんじゃないのか？」

「いや、カラーやから、そら無理やで」

「それにしてもカメラ一台だけか。プロカメラマンらしくないね」

「レンズの交換がでけるし、そんなぎょうさんカメラぶらさげたって、しゃないわ。これがおれの流儀や」

さすがに徳村もむっとしたようだった。

「じゃ、衣笠」と、遠山は健次にむかって、

「ゆっくり付録でも撮ってもらいたまえ。おれ、すこしいそぐから、お先に失礼する」

「おれもすぐ出かけるけど……」

と、健次は答えた。

「いや、いいんだ」

遠山はもう靴を穿《は》いて、ドアに手をかけていた。

彼が出て行ったあと、徳村はフィルムを巻き、二回ほどシャッターを切ってから、

「けったいなやっちゃ。東京弁なんか使いやがって。あいつ、昨夜《ゆうべ》ここに泊ったンやないか？」

「うん、そうや」

「お礼の一つも言いよらんと、出て行きよった。……ま、ええがな、あんなやつのこと、気にするな」

「気になんかしとらんよ」

そうは言ったが、健次は気になった。

礼をのべなかったのは、おそらく徳村がいたからであろう。それにしても、徳村に

たいする遠山の敵意は、度を越しているように思える。どんなイヤなやつでも、むかしのクラスメートで、しかも、何年ぶりかで会えば、もうすこし愛想があってよさそうなものだ。——気の合わない人間とでも、なるべく波風を立てずに、すくなくとも表むきは仲好くして行きたい。それが健次のかんたんな生活の信条であった。だから、あまり好きとは言えない徳村がきても、鍵まで預けて昼寝をさせていたのである。

(ま、人にはそれぞれやり方がある)

そんな結論で、彼は眼前のちょっとしたトラブルめいたシーンをしめくくった。

徳村は部屋のあちこちをカメラにおさめた。健次も『付録』として、なんどもレンズをむけられた。十数回もシャッターが押されたであろうか。

「ま、これはトレーニングみたいなもンや」

と、徳村は言った。プロカメラマンと自称するだけあって、手つきだけは速かった。

「もうええやろ？　おれ、もう店に出かけるから。……鍵は頼んだぞ」

と言い残して、健次は部屋を出た。遠山が帰って五分ほどたったであろうか。

アパートを出て、いつものように角《かど》を左にまがったところで、

「衣笠！」

と名を呼ばれて、彼は足をとめた。電柱のかげから、遠山が出てきたのである。

「なんや、待ってくれてたンか？」

「うん、まだ挨拶《あいさつ》もしていないからね」

「挨拶なんかどうでもええけど……」

「いや、このまま別れるわけにはいかん。……じつは……」遠山はしばらく口ごもってから、

「おれ、おまえをだましたことになるから」

「だました？」

「そうだ。黙っていたほうが、おまえのためだと思ったが、状況がちがってきた」

「なんのことか、さっぱりわからんけど……」

「徳村があらわれたので、黙っておくわけにはいかなくなったんだ。……じつは、おれは追われている」

「追われている？」

　おうむ返しに、健次はきいた。

「そう、警察に追われているんだ」

「え？　……じゃ、なにか悪いことを……」

　健次はまじまじと遠山の顔をみつめた。相手はその視線を、まともに受けとめて、

「悪いことをしたんじゃない。大学のことさ」

「ああ、いま盛んにやっとる、あれかいな？」

「そうだ。逮捕状が出てるんだな。なにやらもっともらしい罪名がついてるらしいが。……要するに、体制がわの気に入らないことをしたのにすぎん。おれはいいことをしたと思ってるんだが」

「大学紛争のあれやったら、べつに泥棒でも詐欺でもないやないか」

「だけど、追われていることにはかわりはない。とすると、おれをかくまったことになって、ちょっと面倒なことになるね」

「おれが？　……クラスメートを泊めたらいかんのか？」

「警察にきかれたときは、いまのように答えるんだよ。おれのやったことはなにも知らない。ただ同級生だからと。……いいね、おれの名は二、三度新聞にのったけど、大きな記事じゃないし、気がつかなかったですむだろう。いま、おれは打ち明けたが、これはきかなかったことにしておいてくれ」

「ややこしい話やが、だいたいわかった」

「警察にはわかるまいと思って、おまえには言わないつもりだったが、徳村にみつかった。あいつは密告者だからな」

「密告者？」

「いや、密告者というよりは恐喝者だな。ある事情があって、おれはそれを知っているんだ。人の弱味につけこんで恐喝する。あいつはプロカメラマンなんかじゃなくて、プロの恐喝屋だ。ところが、おれは金なんぞ持っていない。やつもそれを知っているから、恐喝はせんが、そのかわり密告はするだろう」

「同級生を売るンか？」

「同級生なんて、あいつがそんなことを考えるものか。恐喝の常習者だから、警察にも点を稼いでおく必要がある。だから、かならず密告すると思う。気の毒だけど、おまえは警察に呼び出される。わるいことをしたな」

「いや、そんなこと平気や。知らん言うたらええのやから」

「そう言って、がんばってくれ。ほんとうに、いままで知らなかったのだから。……これだけ言いたかった。じゃ……」

遠山はくるりと背をむけると、急ぎ足で反対がわに歩きだした。

「がんばれや……」

と、健次は低い声を、そのうしろ姿に投げかけた。頭がかすかにうごいた。うなずいたようである。

3

衣笠健次がその晩アパートに帰ったのは、九時半ごろだった。

玄関の牛乳箱に手をつっこんだが、いくらそのなかをさぐっても、鍵はなかった。

ひと寝入りした徳村は、またどこかへ出かけたはずである。なにしろ、健次が部屋を出てから、まる十二時間たっているのだ。

「あいつ、鍵を忘れて持って行きよった」

と、彼はいまいましげに呟《つぶや》いた。

盗まれるような、めぼしい品物はないとはいえ、他人に鍵を持って行かれたというのは、やはり腹立たしいことだ。

幸い彼は予備の鍵をキー・ホルダーにぶらさげていた。鍵穴にそれをさしこむまえに、まずドアのノブをまわしてみると、なんの抵抗もなくひらいた。

「鍵を持って行っただけやない。部屋に鍵をかけるのも忘れやがって」

遠山から、徳村が恐喝の常習犯であるときいたせいもあったのか。のんきな健次にしては、めずらしくはげしい怒りがこみあげてきた。

（もうあいつが昼寝にきても、ぜったい追いかえしてやるぞ）

ドアをあけて、いつものように、手さぐりで壁のスイッチを押した。

まばたきながら、蛍光灯がついた。

「あっ……」

健次は思わず声をのんだ。

部屋の隅の机に、一人の男がかぶさるようにへばりついている。

そればかりではない。六畳の中央あたりからそこまで、赤黒いものが畳のうえをひきずっていたのだ。

（血だ！）

とっさにそうとわかると、健次のからだはふるえだした。

足がもつれたが、彼はむかいの部屋まで行って、ドアをたたいた。

そのむかいの部屋には、アパートの持主である老人が一人で住んでいる。ひるまはある工場の倉庫番をしているという、もっぱらお金を貯めるだけが趣味だという人物である。階下で電話のあるのは、その部屋だけであった。

「なんじゃいな、騒々しい」

ドアをあけて、老人は不機嫌そうな顔つきできいた。

「で……電話を、か、借ります」

吃《ども》りながら、健次は言った。

「ま、そら、かめへんけど、えらいあわててはるやないか？」

健次はそれには答えず、自分の部屋のほうを指さした。

「いったい、どなんしたンや？」

と老人にきかれて、健次はやっとのことで、

「ぼくの部屋でえらいことが……ほんまにえらいことが……」

と言った。口のなかがからからに乾いていた。どのようにして靴をぬいだかおぼえていない。

部屋にあがって、一一〇番にダイヤルをまわしているとき、彼はむかいの部屋あたりで、

「うわーッ！」

という老人の悲鳴をきいた。

一一〇番に、事件とその場所をなんとか伝えることができたのは、そのときの健次にしては上出来であったといわねばならない。

——血を流しているって？　その人物は死んでるのかね？

一一〇番のそんな質問に、

「はい」と、健次は答えてしまった。死んでいるかどうか、まだ確かめてはいなかったが。

以上が、死体発見の経過である。

死体は徳村進であった。後頭部に鈍器による損傷があったが、それが致命傷ではなかった。胸を刺されていたのである。

事件のおこった健次の部屋は、鑑識の人たちによって、隅から隅までしらべられた。

状況からみると、凶行のもようは、つぎのようであったろうと想像された――。

鍵はこじあけられた形跡がないので、はじめから鍵がかかっていなかったのか、それとも被害者がノックをきいてあけたのか、どちらかであろう。

犯人はまずかくし持った鈍器で、徳村の後頭部に一撃を加えてから、鋭利な刃物で胸を刺した。徳村はその一撃で昏倒したか、あるいは体勢を崩して抵抗できない状態になったかで、犯人の毒手《どくしゅ》にかかったものと思われる。だが、凶刃《きょうじん》は心臓をわずかにそれていて、即死ではなかった。まだ畳をかきむしって匍《は》うぐらいの気力は残っていたのにちがいない。声を出したかどうかもわからない。すくなくとも、誰も叫び声らしいものをきいていないのである。おそらく声を出したとしてもそれは弱々しい呻《うめ》きていどであったはずだ。

とにかく、被害者は死力を尽して、やっと机のところまでたどりついて、そこにうつぶせて息絶《た》えたのである。

血痕《けっこん》の状態からみても、机によりかかっているところを襲われたのではないことは確かであった。

徳村が机まで匍って行ったのは、それだけの目的があったらしいこともわかった。

机のうえに、鉛筆と帳面が置いてあった。去年、健次は陶展文の知人のコックのところへ、しばらく修業に行ったことがある。いろんな料理のつくり方、材料、分量、火加減など、こまかくメモした帳面である。鉛筆は健次が競馬新聞にシルシをつけていたものだった。

帳面の表紙に徳村は辛《かろ》うじて判読できる片仮名を数字書きつけて、その途中で息絶えたか、力尽きたか、それ以上書き続けることができなくなったようである。

シズカイケ

この五字である。

シは、ひょっとするとツかもしれないし、ズの濁点も一つだけだから、これは不自由な手のうごきで、偶然、点がついたものとも考えられる。とすれば、スと書くつもりだったという可能性もある。

いずれにしても、この五字は、被害者が最後に言い残したかったことにちがいない。釘の折れたような字体は、徳村の断末魔《だんまつま》の苦しみを如実に物語っている。字と字の間隔もまちまちで、とくにズとカのあいだが、ひどくひらいていた。

現場検証がすんだあとも、健次は警察に呼ばれて、いろんなことをきかれた。きかれたことについては、彼は知っていることを、ぜんぶ答えた。ただし、きかれなかったことまでは、しゃべらなかった。——それは、遠山修平のことである。

昨夜は一人だったか、ときかれたなら、友人が泊ったと答えざるをえなかっただろう。だが警察では、はじめから彼は一人だったと、きめてかかっていた。だから、そんな質問はしなかった。

嘘は言いたくない。きかれないことを言わないのは、嘘ではない。——自分にそう言いきかせたが、いくらかうしろめたい気持だった。遠山修平が警察に追われていることを知らなければ、あっさりと彼の名を出したであろうが。

遠山が徳村に敵意をむきだしにしていたことも、健次の心を暗くさせた。

徳村などは社会の害虫だから、たたき殺したほうが、世のため人のためだと、遠山ははっきりと言い切ったのである。それを思い出すと、健次の胸はさわいだ。

(まさか遠山じゃあるまい)

自分を説得しようとするが、そのことについては、あまり自信がなかった。

遠山は密告されるのを怖れたのか?――だが徳村は、遠山がどこへ行くのか知らない。健次さえ知らないのだ。ただ神戸にあらわれたと密告されても、遠山はその足で遠いところへ逃げる余裕があった。だいいち、大学紛争についての容疑者というのでは、密告者を殺さねばならないほどの、重要逃亡犯人ではあるまい。

ある事情で、徳村が恐喝者であることを知った。――遠山はたしかにそう言ったが、その事情いかんでは、殺人の動機になりうるかもしれない。

いろんな想像や推測が健次の頭のなかに渦巻《うずま》いていたが、彼はそれを整理する才能に恵まれていない。

(これは大将の領分だ)

と、彼は思った。これまで桃源亭主人の陶展文は、なんどもその頭脳の明晰《めいせき》さを証明している。

おそくなってから、健次は警察から放免された。殺人のおこった部屋に戻る気もしないし、現場保存のため、できるならよそに泊ったほうがよいと勧告されてもいたので、彼は北野町《きたのちょう》の陶展文の家にころげこんだ。そして頭のなかの渦巻き模様を、陶展文にさらけ出してみせた。

陶展文は興奮気味の健次が、脈絡を欠きがちにしゃべるのを、ふんふんとうなずきながらきいた。

「まあ、話はいつでもできる。明日、そのつづきをきこう。今晩はもうやすんだほうがいいね。だいぶ興奮しているようだから」

陶展文は健次の話を途中でさえぎって、やさしくそう言った。

「ねむれませんよ、どうせ」

と、健次は首を振って答えた。

「わしがねむれるようにしてやろう」

陶展文は棚から小さな瓶を取り出した。

『安神丸《あんじんがん》』と書いたレッテルが貼ってある。そのなかの小さな丸薬を、彼は無造作に紙切れにざらざらとおとした。三十粒ほどもあるだろう。

「これをのめば、ぐっすりねむれる」

陶展文はそう言って、水差しからコップに水をついで、健次のほうにおしやった。

健次は渡された丸薬を口にほうりこんで、水をのんだ。

陶展文夫人の節子《せつこ》が、二階の畳の部屋に敷いた蒲団のなかにもぐりこんだ健次は、ものの五分もたたぬうちに、大きな鼾《いびき》をかきはじめた。

「あんたの処方、あたしにはぜんぜん効かないけど、健ちゃんには嘘みたいに効きますわねえ」

と、節子が呆《あき》れたように言った。

「そりゃ、おまえさんは、おれの薬を信用しないからだ。安神丸というのは、名前からして、よく効きそうじゃないか。硃砂《しゅしゃ》に黄蓮《おうれん》、生地黄《しょうじおう》、当帰《とうき》、甘草《かんぞう》といった、ごくあたりまえの薬材に、アルコールをちょっぴりいれているだけの薬だが」

漢方の名医と自称している陶展文は、安神丸のような、きまった処方の薬をそれほど高く評価していない。それでも、彼の自信たっぷりな薬の与え方で、健次のような『信者』はたちまち暗示にかかってしまうのである。

陶展文はソファーにもたれて、健次からきいた話を、おさめるべきところにおさめようとした。

すぐにぴったりとはまって、あとはちょっとしたすきまを、補強すればよいばかりになった。

健次の話では、警察でくり返してきかれたのは、朝の九時すぎにあらわれたあとの、徳村の行動であったという。とくに、徳村が新しいフィルムをカメラに装塡して、十数回シャッターを切ったというところは、なんどもしつこいほど念を押された。

——まるで、こっちが嘘をついてるンやないかと疑うみたいな口ぶりで、ほんまにアタマにきましたで。

と、健次は口をとがらして言ったのである。

徳村のショルダーバッグのなかみも、健次は警察でみせられた。未使用のフィルム三個と望遠レンズ。——それをみて、彼は盗まれたものはないと断言した。

——ほんとうに、そう言い切れるかね？　きみはちゃんとバッグのなかみを、まえにみていたのか？

という質問に、健次はためらわずにうなずいたそうだ。

カメラは畳のうえに置いてあったという。

「ひょっとすると、フィルムが抜かれていたのかな？」

と、陶展文はひとりごちた。

そばにいた節子が、

「あんたこそ早くやすみなさいよ。健ちゃんは、明日も警察に呼ばれてるんだから、お店はあんた一人よ。いつもより早く出かけなくちゃ……」

と言った。

「よし、よし……」

陶展文は立ちあがって、大きなアクビをした。

4

翌朝、桃源亭にあらわれた最初の客は、中央新聞記者の小島和彦《こじまかずひこ》だった。

「これが朝飯ですわ」

と、彼はラーメンを注文したが、朝食のためだけに来たのでないことは、陶展文も先刻承知だった。拳法の名人である陶展文の一の弟子が、この小島である。気心はわかりすぎるほどわかっている。

「健次君は、えらいことでしたな」

と、小島は言った。

「降って湧《わ》いたような事件で、健次も迷惑しているが、店も大迷惑だよ」

と、陶展文は答えた。

「なにか手がかりは？」

小島は水をむけた。陶展文の異常な推理の才能を、小島はよく知っている。とくにこんどは、身辺におこったといえる事件だけに、陶展文は力をいれて問題に取組んでいるはずなのだ。

「まださっぱり」

と、陶展文は慎重に答えた。

「昨日の今日ですから、無理もないけど……」

相手の顔をうかがいながら、小島は言った。

「きみ、うごけるかい？」

陶展文は顎に手をやって、さりげなくきいた。

「うごくのが商売ですからね」

小島の顔が、ぱっとあかるくなった。

陶展文が彼になにか頼もうとしているのだ。それは、事件解明のための、重要な布石であるにちがいない。

「一種の聞きこみだが、べつにこんどの事件に関係のないことでもいいんだ」

「ターゲットは、どこにしぼりますか？」

「恐喝。……金品をおどしとられた話だな。噂でけっこう。のっぴきならぬ現場を写真にとられ、それをタネに恐喝されたなんていう話が一ばんいいね」

「なるほど……」

小島はにこりと笑って、うなずいた。

被害者はカメラマンと自称していた男である。陶展文の狙っている方向は、小島にも納得できた。

この師弟は、おたがいにくどくどしい説明を要しない間柄である。

ラーメンを平らげると、小島はすぐに桃源亭を出た。

二番目の客は、生田《いくた》署から警察本部捜査一課に転任したばかりの神尾《かみお》警部であった。

「健次君も、ひどい目にあいましたな」

と、彼も小島とおなじようなことを言った。ただし、ラーメンは注文しなかった。

雑談にきただけだというのである。

神尾警部も、陶展文のするどい洞察力を、実際にみせつけられたこともあって、その才能を高く評価している。

「物盗り説もダメですよ。なにも奪《と》られていないんだから」と、ぼやきの口調で神尾は言った。

「どうせ健次の部屋には、めぼしい物なんかないんだけど、被害者のカメラも奪られていないそうですな。まず泥棒じゃありませんよ。なかのフィルムを失敬して行ったんだから、カメラに気づかなかったわけではないし……」

　陶展文はそう言って、タバコをくわえた。

「陶さん、ちょっと」神尾はキラと眼を光らせ、椅子《いす》から腰をうかした。――「どうしてあんた、フィルムのことがわかったんですか？　あれは警察でも伏せているんだが……」

「やっぱりそうでしたか、は、は……」陶展文は愉快そうに笑った。――「カマをかけただけですよ」

「うーむ」と、神尾は唸《うな》った。警察官がまんまとひっかかるなど、恥ずかしい話である。

（いや、相手が陶展文だから、これは仕方がないだろう）

　神尾はそう思い直して、

「そのフィルムが事件のキイだという見方だけど、健次君の話では、なんでも部屋のなかをパチパチうつしただけらしいね」

「私もそうきいたけど、被害者がそのあとでなにをうつしたか、それはわかりませんよ。部屋のなかの写真は問題にならないとしても」

「そうですな。じつは解剖の結果では、死亡推定時刻が午前十時前後となっていましてね、健次君が出かけてから、それほどたっていないんですな。はたしてそんな短いあいだに、どこかへ出かけたのかな？」

「出かけたとしても、そんなに遠くないところでしょう」

「われわれは聞きこみを続けているけれど、いまのところ、あの近辺で被害者のすがたらしいのを見かけたという人はあらわれない」

「部屋から出なかったのかもしれませんよ。そうすると、犯人はまちがって、あのフィルムを持って行ったのかも……」

「その可能性もありますな。現像するまえは、狙っていたフィルムであるかどうか、わからないわけだから」

「犯人が狙っていたフィルムは、被害者がどこかへ持って行ったあとだということになりますな」

「そのフィルムを現像して焼付けてみれば、事件は半分以上解決したことになりそうだな」

「そうです。だから被害者の足どりをしらべるのが、一ばん大切じゃありませんか？」

「それはわかっているんだが」神尾警部は椅子に坐《すわ》り直して、「被害者は兵庫県出身だけで、ずっと東京に住んでいた人で、どうもしらべにくい。ときどき関西にやってくるが、風来坊みたいなやつらしい」

「私は恐喝の線が一ばんつよいと思いますな」と、陶展文は言った。

徳村が恐喝の常習者だったことは、すくなくとも健次の口からは、警察に告げられていない。なぜそれを知ったかとつっこまれると、どうしても遠山の名を出さねばならない。だから、健次は口を噤《つぐ》んでいた。陶展文だけには打ち明けているが。

（これはフェアではない）

陶展文もそう思う。だから、神尾警部に、自分の意見として、恐喝の線のつよいことを述べたのである。

「警察でも、恐喝事件の可能性を、かなり大きくみているんだがね」

神尾警部は、まるで推理が陶展文の専売特許ではないぞといわんばかりに、語気をつよめて言った。

陶展文は笑った。それでハンディが解消したという気がしたのである。

神尾警部は立ちあがって、

「なにか気づいたことがあれば、警察に連絡してください。陶さんの意見なら、うちではほかの情報の十倍は重んじますからね」

「たった十倍ですか？」

と、陶展文は笑いながら言った。

「ことばの綾《あや》ですよ。お気に入らんようでしたら、百倍と言い直しましょうか?」

そう言って、警部は帰った。

警察に出頭した健次が、桃源亭に戻ってきたのは午後二時ごろだった。

「もっと早よすんだンやけど、昼どきは店も忙しいやろと思《おも》て、ちょっと遠慮しましたンや」

と、健次は肩をすくめながら言った。

陶展文は眉をしかめた。だが、それは表情だけである。のんき坊主の健次も、こんどはかなりのショックを受けているので、そのうえ店で忙しい目をさせるつもりはなかったのである。

「いい気なもンだ」

そのころは、桃源亭もひまであった。仕事に追われて昼食をとる時間もなかったような人が、ときどき思い出したようにはいってくるだけである。

健次が戻ってきたときは、店内に客はいなかった。

隅のテーブルにいた陶展文のまえに、健次はそっと坐り、声をひそめて、「シズカイケ……あれが事件のポイントや思いますね。その池がどこにあるか、しらべてみましょうや」

と言った。

「深田池《ふかだいけ》というのが、御影《みかげ》にあったな」

「シズカイケですよ。ほら、徳村がぼくの帳面の表紙に書いた、あの五つの仮名文字、それが謎を解く鍵でっしゃろ」

「警察も知っていることじゃないか、そんなことは。シズカイケというのも、警察がしらべてくれるよ」

「いや、あきまへんで」

と、健次は首を横に振った。

「どうして？」

「警察は頭がわるいよって」

「そんなことがあるものか」

「いや、ぼくなんかも、おんなじことを何遍もきかれたわ。あのフィルム、新しいもンやったかいうことなんか、ほんまに十遍ぐらいききよるンや。頭ええことおまへんで」

「頭の問題じゃないよ。なんどもきいて、確かめただけなんだ」

「一回言うたらわかりそうなもンやのに、十回もおんなじことを……」

「百回きかれなかっただけ、まだマシと思うんだな」

5

午後四時半。会社がひけてから来る客のために、そろそろ準備をはじめようとしたころ桃源亭に小島和彦がはいってきた。

若い小島は、感情がすぐに顔にあらわれる。

陶展文は彼の表情をみただけで、上首尾《じょうしゅび》だったらしいとわかった。

「なにかわかったかね？」

と、陶展文はきいた。小島はその問いを待ちうけていたように、

「面白いことをききましてね」

と言って、口もとを綻《ほころ》ばせた。

「ほう、それにしても早かったね、あんたの聞きこみは」

「そりゃ、これも仕事ですよってね。そやけど、ユスリの話は、聞きこみも難しいですわ」

「それはそうだろう。どうせ他人にきかれて都合のわるいことばかりだ。警察にもしらさず、恐喝者と内輪で取引きするのがふつうなんだから」

「そう、めったにもれないンやけど、あとで笑い話にでけるようなのがありましてね、それをきいたンです」

「笑い話というと？」

「ある会社の重役が浮気をしよりましてね」と言って、小島はにやりと笑った。――「その重役さん、養子で、ワイフに頭のあがらん男でしたよ。浮気の現場を、いつのまにか写真にとられて、それをタネにゆすられたということがありましてね」

「金を出したのかね、その重役さんは」

「ええ、ところがそのユスリが、ちょっと良心的でしてね」

「恐喝に良心的というのはないだろう」

「いや、ほんとうに写真にとられたかどうか本人は知らんわけでしょ。そのユスリは電話をかけてきたンですが、八十万円と交換に、写真――フィルムを渡す。――しかも、ユスリは電話でこない言うたそうです。……ここが面白いンですよ。フィルムでも、プリントすれば何回でもユスリのタネになる。だから、まだ現像していないフィルムを渡す。つまりやね、カメラのなかにはいって、プリントしてるはずのないフィルム、これやったら絶対、あとの心配もないわけでしょ?」

「なるほどね。だけど、現像していないフィルムなら、はたして浮気の現場がうつっているかどうか、わからんじゃないか」

「その場で現像するンですよ。連れて行かれたとこに、ちゃんと暗室みたいな設備があって、ゆすられる重役も、その現像に立ち会うという趣向でね。出来たてのホヤホヤのネガをみたら、やっぱり女と抱き合って頬《ほお》ずりなんかしてるとこがうつってたそうですわ」

「ほう、手がこんでるね」

「なんでも、電話で約束した場所へ行ったらサングラスの男がいて、そいつが車で尼崎《あまがさき》のアパートのちっちゃな部屋へ案内したそうです。暗室はそこにあって、若い女が現像したとききましたよ」

「それが良心的というのかな? だけど、子どもだましみたいな気もするね。そのフィルム、ひょっとすると……わしは写真のことはあまり知らんが、別のフィルムを複写した、デュプリケイトかもしれんじゃないか」

「そうですかね? そやけど、ゆすられるほうは、もともと弱味があるから、かりにそうとしても、とりあえずそいつを買い取るやろと思いますね」

「まあ、現像前のフィルムというのは、気休めみたいなものだよ。売り込みのときの謳《うた》い文句だろう。ちょっと気がきいている」

「信用させるための？　……そうかもしれませんな。ま、気休めでいいンやね、そんな場合は、その重役さんも面白がって、そのときの経験を、よう他人にしゃべってますわ、笑い話にね」

「ほう、よく笑い話にできたね」

「こわい奥さんが、一年まえに亡くなりましてね」

「なるほどね。もうかくす必要もなくなったというわけだな」

「ほかにも似た話をきいたけど、それは未確認の情報です」

小島がそう前置をして話した内容も、浮気の重役とよく似たケースで、おんぼろアパートの小部屋の暗室までそっくりだが、場所は尼崎ではなく、西宮《にしのみや》だということだった。

「さっきの重役の話で、ちょっと気になることがあるンですよ」

小島はここが肝腎《かんじん》なところだというように、身をのりだして、誰もそばにいないのに声までひそめた。

「気になることとは？」

と、陶展文も釣られたように、声を低くしてきいた。

「その重役は、金をとられたあとで、例のサングラスの男に会うた場所をしらべたそうです。そこはある会社の独身寮の部屋で、その日、その部屋の男はちゃんと会社に出勤してたいうことで——その時刻に、重役さんに会えるはずがない、つまり……」

「サングラスの男は、その部屋の住人じゃなかったわけだね？」

「そこなんですよ。他人の部屋をちょっと利用しただけらしい」

「部屋のあるじは、それを知っていたのかね？」

「さっきの重役さん、あとでそれとなくしらべたけれど、どうやら無断借用で、本人はそんな男を知らんみたいなかんじやったそうです」

「勝手にあがりこんだわけだな。恐喝ちゅうのは、相手に弱味があるから、それほど自分をかくさなくてもいいものだよ。ま、もちろん、できるならかくしたほうがいいにきまってるけど」

「どうです、健次君のケースに似てませんか？　あの徳村いう男はユスリで、おち合う場所を勝手に健次君の部屋にきめといて……」

「似ていることは似ているね。だけど、健次は徳村を知っているし、無断であがりこんだわけでもない」

「そやから、さっき陶さんも言うたように、なるべく、あとでしらべてもわからんようにぜんぜん知らん人間の部屋を利用するけど、べつにわかってもかまわないンやから、友だちの留守の部屋を借りてもええわけや」

「臨機応変だな。駅の待合室を使ったこともあるかもしれない。だけど、人間には好みというものがあって、おなじ人間の犯行は手口が似ているものだ。やどかりみたいに、他人の部屋を借りるのも、犯人のクセだろう。ひょっとすると、スリルをたのしんでいたのかもしれんな」

「わるい好みや」

「とにかく、あそこにおち合うだけで、ほんとうは、そこからどこか暗室のある部屋へ連れて行く手順だったと考えていいね」

「それですよ。こんどの犯人は、あわててユスリを殺してしもた。カメラのなかに、問題のフィルムがあると……いや、これは被害者が、あらかじめ電話で、そんなに言うてあったのかな？　とにかく、犯人は早合点して、そこにあったカメラや思て、あっさり……」

「そんなことだろうね。すると、犯人の狙っていたものは、暗室のある小部屋にまだあるということだ。そのフィルムさえ手に入れたら、恐喝のネタもわかるし、犯人の見当もつくだろう」

「そうです。ぼくもそう思います」

「例の浮気の重役さん、まだ尼崎の場所をおぼえているのかな」

「おぼえてはいますよ。そやけど、もうだいぶまえのことや。その重役は金を渡したあと、おち合った場所だけやなくて、尼崎のアパートもしらべたそうです。そしたら、金の受渡しのすんだ当日から、誰もその部屋におらんようになったことがわかったらしい。部屋を借りたのは三日まえで」

「三日しかいなかったわけじゃないか」

「安アパートで、敷金二万、部屋代月八千円、合計三万足らず払うて、暗幕や現像用具をもちこむだけで、用がすんだら、雲がくれですよ」

「未確認情報のほうのやつは西宮だったね。そこもおなじ仕掛けかな？」

「きっとそうですよ」

陶展文は腕組みをして、しばらく考えこんでから、

「またあんたにうごいてもらうかな」

と言った。

「ええ、うごきますよ、いくらでも」小島は威勢よく答えた。——「こんどは、どんなことを聞きこむんですか」

「この数日のあいだに、新しくアパートを借りた人間をしらべてみる」

「なるほど。……そやけど、これはちょっと大がかりですね」

「しらみつぶしでなくていいんだ。安アパートだけでいい。マンションなんかは要らない。範囲も東神戸から阪神間ぐらいでけっこうだ」

「それでも、かなり骨の折れるしらべですわ。ええ、やってみますよ。周旋屋《しゅうせんや》がいいかな？」

「それからもうひとつ。ええっと、あの現像や焼付をやっている店があるだろう——あれをしらべてほしい」

「ＤＰ屋ですな。こいつも多いですわ」

「範囲はさっきのアパートとおなじでいいよ。それも女性の経営している店をね。経営者でなければ、自由にうごけないだろうから。……たしか、あの浮気の重役さんは、現像やったのは若い女だと言ってたね？」

「そう、たしかそう言うてましたよ」

「そしたら経営者の女性も三十歳以下……これぐらいしぼったらいいだろう」

「わかりました。ぼく一人の手に負えませんよって、社の仲間に手伝うてもらいます。阪神支局の連中にも……」

小島が帰ろうとして立ちあがったとき、三人連れの女事務員がはいってきた。

「そろそろ忙しくなる」

と、陶展文は呟いた。店の仕事のことか、それとも事件の調査のことなのか、どちらにもとれることばだった。

6

その晩、陶展文がまだアパートを敬遠している健次といっしょに、北野町の家に帰ったのは十時をすぎていた。

応接間には、安記公司《あんきこうし》の主人で、陶展文の中国象棋《しょうぎ》の好敵手である朱漢生《しゅかんせい》が、棋盤にちゃんと駒をならべて待っていた。

「今日は土曜日だから、おそくなってもいいだろう。ゆっくりやろうぜ」

と、朱漢生は挑戦のことばを投げかけた。

ビルの地階の店で、勤め人がおもな客だから、桃源亭は日曜日は休むのである。

「つき合いきれないね、おまえさんには」

と言いながらも、陶展文はいそいそと朱漢生のむかいに坐った。

このところ、陶展文は負けこんでいる。そろそろ挽回《ばんかい》しなければならない時期なのだ。

第一局は、陶展文優勢のうちに終盤戦を迎えたが、そこへ電話がかかってきた。中央新聞の小島記者からである。

――周旋屋のほうはどうも思わしくないンです。商売の秘密をさぐりに来たとでも思ってるンですかねえ。

小島の声は元気がなかった。

「そういつも上首尾がつづくわけがないよ。それに、ああいったことをする連中は、偽名で部屋を借りるだろうし、昨夜の事件を知って、もう姿をくらませてるにきまっている」

陶展文は慰《なぐさ》めるようにそう言った。

――DP屋のほうは、該当しそうなのは二軒だけでした。

数がすくないということも、小島には不満であったようだ。

「二軒でけっこうだよ。あんまりたくさんあると、困ってしまうからね」

小島はその二軒の住所と、経営者である婦人の名を告げた。神戸の東灘区《ひがしなだく》と芦屋《あしや》市内で、前者は坂上志津子、後者は島村邦子という。

「ご苦労さん。ほんとに助かったよ」

メモをとってから、陶展文は心をこめてねぎらった。

だが、棋盤に戻ってからは、彼はようすがおかしくなった。せっかく有利に戦いを進めていたのに、とんでもないポカをなんども演じたのである。

第一局はどたん場でひっくり返され、第二局もかんたんに朱漢生が勝った。

「おかしいぞ」と、朱漢生も首をかしげて言った。――「心の動揺だな、こいつは。さっきの電話は女からだろう」

「いや、小島君からだよ」

「ほんとかね？　どうもあやしいものだ。心理的な動揺が、あきらかに盤面にあらわれておるぞ」

「おまえさんも、大袈裟なことを言うじゃないか……」

対局はつづいたが、陶展文は熱意を失ったようである。手ごたえがないので、朱漢生も張り合いがない。はじめは徹夜勝負も辞さない勢いだったが、一時間半ほど指して、朱漢生は立ちあがった。

「どうかしているぞ、今夜は」

と、どなるように言った。

「うん、ちょっと頭がボヤけているようだ」

と、陶展文は答えた。

じつは考えごとをしながら、駒をうごかしていたのである。

「やっぱり、健次君のところでおこった事件が、気になるんだろう?」

「それもある」

「じゃ、今夜はもうよそう。わしは相手の不調につけこむような男じゃない」

「りっぱだよ」と、陶展文はほめた。

朱漢生は鼻をぴくぴくさせながら帰った。

陶展文はそのあと、しばらく独りで応接間に坐っていた。そこへ、健次がおずおずとはいってきた。

「なにか用かい」

と、陶展文はきいた。

「あの、シズカイケのことですけど……」

口ごもりながら、健次は言った。

「ああ、あの徳村が死に際に書いた字のことか。それがどうかしたのかい?」

「あのズは、スかもしれませんよ。点が一つだけやから……」

「そうだな。点が二つで濁点になるんだから」

「ぼくは、こない思うんです。……あれは、遺書やないかと。……シス、死す、これから死ぬいうことで……」

「うん、なるほどね。で、そのあとのカイケというのは?」

「ええ、これから死ぬけど、ほうぼうに借金なんかがあるよって、それを払うてくれ……カイケイ頼むちゅうこととちがいますか?」

「会計頼む? は、は、は……」陶展文は噴《ふ》き出した。からだを揺すって、「会計ね。……は、は、会計頼むか、なるほど、なるほど」

陶展文が笑っているあいだ、健次はぽかんと口をあけていた。翌日、陶展文が東灘区に姿をあらわしたのは、午前十一時ごろであった。

めざすDP屋は、店をあけていた。小さな店である。仕事の性質上、日曜日のほうが客が多いのかもしれない。

陶展文はあらかじめ近くのたばこ屋で、たばこを一個買った。

「あそこの写真の店、一昨日《おととい》はいなかったようですな?」

と、彼はさりげなくたばこ屋の婆さんに話しかけた。

「ああ、一昨日ね。……そうそう、従兄弟《いとこ》いう人がきて店番してましたな。あの人、どっかへ出かけたンでっしゃろ」

と、婆さんは答えた。

表からのぞくと、ＤＰ屋には、二十五、六の女が坐っていた。狭い店内には、ほかに誰もいないようだった。

写真材料の問屋から小島がきいたところでは、その店の女主人の坂上志津子は、二十七歳で、ある中小企業の店主と同棲していたが、二年まえに別れたそうである。店はその手切金ではじめたという。仕入れを値切るので定評があるらしい。

陶展文はずかずかと店にはいった。

「なにかご用ですか？」

と、坂上志津子はきいた。

眉がほそく、眼は吊りあがっているが、やっとのことで美人の部類にはいる、といった顔立ちだった。だが、まるで表情がない。

「進君も、えらいことになったね」

と、いきなり陶展文は言った。

「え？」

女の顔色がかわった。

けんめいに、けげんそうな顔をつくろおうとしているらしいのだが、驚きが大きすぎて、それはできなかった。

7

陶展文はほほえんで言った——。

「びっくりしなくてもいいよ。わしは進君をよく知っている。彼の参謀みたいな男なんだから」

「参謀？」

女はなんとなく、わかりかけたような表情になって、そっとあたりを見まわした。

「あんたは、一昨日、アパートで待ちぼうけ食ってたんだね？」

と、陶展文は言った。

女はかすかにうなずいた。

「わしも事件を知るのがおそかったんで、連絡できなかった。ごめんよ」

陶展文は微笑をつづけた。

女はやっと口をひらいた――。

「翌日の新聞をみて、あたし、ほんとにたまげてしまったわ」

「相手もそそっかしいね。フィルムもないのに」

「その相手は？」

女はあえぐような声できいた。

「進君も用心深いね。あんたにも黙っていたんだな」

「ええ、あの人はいつも慎重でしょ。狙いをつけても、一月《ひとつき》ほどはゆっくり相手をしらべるわね。だから、あたしも、しぜんにわかっちゃうけど、でも、こんどは偶然だったんでしょ、あの写真を撮ったのも、それからあのフィルムが使えるとわかったのも。……そんなことで、こんどはあんまり早くて、あたし、わかるひまもなかったわ」

「そうですか。……じゃ、あんたはどうしようもないんだね」

「でも、あんたは知ってるのね、フィルムをお金にする相手を？　だって、参謀なんでしょ？」

坂上志津子の声は、異様な湿りを帯《お》びてきた。それが、陶展文の胸にべとつくかんじであった。

「そりゃ、もちろんだ」

「ああ、よかった。あたし、進さんがあんなになって、しかも、フィルムの相手がわからないでしょ。困っちまってね。現像すればわかるかもしれないと思って、洗ってみたのよ。いけなかったかしら？」

「かまやしないよ。で、見当はついたの？」

「それが、ぜんぜんよ。なんの景色だか、さっぱり。……だい一、人間がうつっていないんだもの」

陶展文はひそかにため息をついた。徳村進の死を、この女はまるで悲しんでいない。フィルムを金にすることばかりに気をとられているのだ。

「見せてごらん」

と、彼は言った。

女は警戒の色をみせた。

「わしは福山《ふくやま》という者だが、進君にきいたことはなかったかね？」

女は首を横に振った。

「そうか、あんたにも知らせなかったか。うーむ、進君はじつに慎重な男だったなあ。

惜しいよ、まったく」

「あのね……」女は迷っていたようだが、やっと心を決めたとみえて、「ネガでもわからないので、何枚か焼いてみたけど、それでもさっぱり……教えてちょうだいね」

「教えたって、あんたにできるかね？　あの進君だって殺されたんだぜ。一筋縄で行く相手じゃないよ。わしにまかせなさい」

「でも……」

女はまたためらった。

「あんたは、わしにまかせるしかないんだ。なにか忘れてやしないかね？……わしはあんたを警察に渡すことだってできるってことをね。そうでしょう？」

陶展文は大きなからだを揺すって、にこやかに笑った。人をひきこみ、包みこむ雰囲気があった。

女はうなずいた。

「どうすればいいのかしら？」

「危険な相手だから、これまでの方法じゃいかんね。わしが直接取引きをしてくる」

「直接？」

と、女はきき返した。

「さ、フィルムを」

と、陶展文は大きな手のひらを出した。

女はぎこちなく、からだをうごかして、

「これまで三分の一だったけど……そう、あんたが一枚かんでいたのね。こんどは進さんがいないから、半分よ」

「わかったよ」

女はロッカーをあけて、紙袋をとり出した。

「でも、こんどはすくないわね。五十万なんて。……進さんは相手の懐具合を読むのが上手で、無理をしなかったけど、こんどは大したことのない相手なのね」

「その五十万でも、おいそれと出せなかった相手だよ。それでナイフなんかふりまわしたんだ。こんどは進君もぬかったね」

「もっと大口をあたればよかったんだわ、じっくりと狙ってね。なんだかすこしあせって、小まめに稼ごうとしたのがわるかったのよ。そうじゃない？」

「ま、すんでしまったことは仕方がない」

陶展文は渡された紙袋を、なかみもあらためずに、内ポケットにしまいこんだ。

「お金はいつはいるのかしら？」

と、女はきいた。

「そうだね。なるべく早く片づけたいが。……できれば明日じゅうにでも。だけど、一、二日おくれるかもしれん。なにしろ相手のあることだから」

「早くしてね。こんどはイヤなことがあったから、ながびくのはごめんだわ。早くすませて、忘れてしまいたいのよ」

女は陶展文を信じ切ったようで、ことばづかいもやわらかくなった。

「それは、わしもおなじだ」

「これからはどうするの？　進さんがいなくたって、福山さん、あんたがつづけてできるわね？」

「そりゃ、できんことはないさ。ま、そのことについては、あとでゆっくりうち合わせることにしよう」

そう言って、陶展文はＤＰ屋を出た。

帰りのタクシーのなかで、彼は内ポケットから、紙袋をとり出した。ネガホルダーに、三十五ミリのフィルムがきちんとおさまっている。焼付けたのが三枚つっこんであった。それは荒涼とした風景である。荒野に直線群を刻《きざ》みつけたような、さむざむとしたシーンなのだ。

よくみると、その一角が崩れていた。三枚とも、おなじところを、角度をかえて撮ったものである。

「石垣だな」と、彼は呟いた。――「そして、崖くずれか……」

彼がタクシーをとめたのは、トーアロードに近い安記公司の前だった。

ベルを鳴らすと、安記公司主人の朱漢生みずからドアをあけた。

「ほう、日曜日だというのに、感心に雪辱戦《せつじょくせん》に馳《は》せ参じたか」

「いや、そうじゃない。ちょっと電話簿をみせてほしいんだ」

「ああ、お安いご用だ」

「大阪のがあったね？」

雑貨を扱っている安記公司は、大阪のメーカーや問屋と取引きが多く、大阪の電話簿も用意していたのである。

電話簿を繰って手帳になにやらメモをしたあと、陶展文は住宅開発会社の常務取締役をしている山崎《やまざき》という友人の家に、電話をかけた。大手筋数社の宅地造成などの工事の状況をたずねたのである。

「どうしたんだ、家でもおっ建てるつもりかい？」

電話がすむのを待って、朱漢生がそうきいた。手には棋盤をさげている。

「さ、やろう」

と、朱漢生は棋盤を机のうえにのせた。

陶展文は腕時計をみて、

「よし、二時半までつき合う。それから用事があって出かけるからな」

「わかった」と、朱漢生はうなずいた――。

「昼飯は光風楼《こうふうろう》に焼そばを注文するぜ」

「その光風楼のおやじに用事がある。あとで会うよ」

「ほう、あのおやじに何の用だね？」

「明日、コックを一人まわしてもらうんだ」

「じゃ、おまえさんは？」

「ちょっと出かけるんだよ」

8

興信所の調査員というのは、便利な口実である。根掘り葉掘りきいても、それは商売だと思ってくれるのだから。

月曜日、陶展文が大阪本町にある開明《かいめい》建設の女事務員橋村隆子《はしむらたかこ》を昼食に誘い出せたのも、興信所の名をかたって、はじめてできたことである。

「その調査は、高岡《たかおか》さんの縁談のこと？」

と、橋村隆子はきいた。

「さあ、それは。……じつは調査員にもよくわからないんですよ。だけど、調査要求事項から察すると、そうじゃないかと思えるんですが」

陶展文は実直そうな表情で答えた。

「難しいわねえ、あの人の縁談は。もう三十代の半ばをすぎた男で未婚だなんて、どこかに欠陥があるんだわ」

橋村隆子はなかなか辛辣《しんらつ》だった。

小島和彦の友人のはからいで、陶展文は興信所員ということにして、開明建設で一ばん社員の消息にくわしい橋村隆子に近づくことができたのである。

「結婚がおくれた理由は？」

と、陶展文はきいた。

「要するに、かわり者なんですよ。ふつうじゃないと思うわ」

「ええっと、わかりやすくおっしゃっていただくと？」

「そうね」橋村隆子はしばらく考えていたが、やっと適当なことばをみつけたのであろう。いやにはっきりした口調で言った――。

「極端な完璧主義者なんですよ」

「カンペキ主義というのは？」

　陶展文は首をかしげた。

「すこしでも不完全なところがあると、気に入らないんですよ。だから、縁談だって難しいわ。そんな完璧な理想の女性なんて、この世にいるはずがないんですもの」

「困った性分ですな。だけど、かならずしも悪い面ばかりじゃないでしょう。たとえば、仕事なんかも、きちんとしなければ気がすまないんですから」

「そうね、たしかに仕事の鬼みたいなところがあるわ」

「一種の職人気質みたいなものですな？」

「すこしちがうのよね」

「どこがちがうのですか？」

「野心があるのよ、高岡さんには。こんなこと言っちゃわるいけど」

「野心なら、誰にだってあるでしょう」

「高岡さんの野心は、また別格ですわ。完璧主義者は、野心まで完全最高よ。ありきたりのものじゃありません」

「具体的におっしゃってくださいませんか」

「ほ、ほ、ほ……」と、橋村隆子は忍び笑いをした。——「なんだか、高岡さんの縁談をぶちこわしてるみたいだわ。でも、たいていの縁談は、高岡さんのほうからこわすんですから、かまわないわけだけれど」

橋村隆子もすこしはうしろめたい気持があったらしい。それをまず自己弁解してから、彼女はことばをつづけた——。

「開明建設は、業界でも一、二を争うマンモス会社ですわ。その社長になる。——具体的といえば、それしかないわ」

「社長さんになりたい。……なるほどね」

「でも、なれないわ、あの人。あたし、予言してもいいわ」

橋村隆子は自信たっぷりで言った。三十をすぎたこのベテランOLは、人間にたいする意地のわるい観察眼をもっている。

「どうして?」

と、陶展文はきいた。

「余裕がないのよ、人間的に。社長になるためには、順調に昇進しなければならないわ。一回でも事故をおこせば、おしまいよ。ですから、それぱっかり気にしてるのよ。与えられた仕事を、なにがなんでも完全にしとげる。もちろん、誰だってそうしたいにきまってるわ。でも、高岡さんは、その気持がとくに異常なのよ。ゆとりなんて、薬にしたくもないものね」

「やり方が硬直しているというわけですね？」

「うまいことをおっしゃるわ。完璧さをもとめるとしたら、しぜんに狭くなっちゃうわ。心も狭くなるし、視野も狭くなります。そして、他人と協調もできないわ。いつも自分を守ろうとしてると、ほかのことが考えられなくなるのね。まわりがぜんぶ敵だと思ってるんじゃないかしら」

「たまにはそんな人間もいますね。自分を守るためなら、どんなことでもするといった人が」

「そうよ。高岡さんって、そういう人ですわ。社長なんかになれっこないわ。でも、社長しか狙うことのできない、そんな不幸な人よ。……あら、あんまり悪口を言いすぎたかしら？」

橋村隆子は厚い唇のあいだから、ちょっと舌を出した。その動作に、可愛気があった。ただでさえギスギスしてみえるハイミスなのに、そのうえ辛辣な批評を口にするのだから、女性らしさが欠けてくる。賢明な彼女はそれをじゅうぶん知っているはずだ。舌のさきを出すことは、彼女にとっては、一種の精神のお化粧であったろう。

「どうも、いろいろとありがとうございました。おかげで、よくわかりました」

と、陶展文は頭をさげた。

神戸に着いて桃源亭に戻ったころは、もう昼食のピークはとっくにすんでいた。

光風楼から手伝いにきたコックは、帰り支度をしていた。光風楼は、夜のほうが忙しい店である。

「ひょっとすると、明日もまたお願いするかもしれないよ」

と、陶展文はそのコックに言った。

「それは、うちの大将に言うとくンなはれ」

そう言って光風楼のコックが帰ったあと、陶展文は健次がなにやらもぞもぞしているのに気がついた。

「健次、何かあったね？」

と、彼はきいた。

「へえ、ちょっとね……」健次は小声で答えた。――「今日、呼び出されましてン」

「警察かね？」

「いえ、遠山です」

「ほう、追われている男が、どうしてうろうろしてるんだろう？」

「それがね、ぼくに一《ひと》こと、秘密をうち明けるいうて」

「秘密か？　こんどの事件に関係のあることかね？」

「へえ」と、健次はうなずいた。

「わしにきかせてもいいことだったら、話してごらん」

「あの……徳村を殺したのは、女かもしれんいうて……じつは、ぼくは遠山が殺《や》ったンちがうかと思てましたンやけど」

「遠山君がひどく徳村を嫌っていたことはきいたが……」

「もとから嫌いやったンが、よけい嫌いになったンは、わけがおましてン」

「どんなわけが？」

「遠山は頼みになる男やよって、みんなからよういろんな相談もちかけられますねン。ちょっと前に、ぼくらの二級下の女の子から悩みをうち明けられたそうです」

「ほう、おまえとはえらい違いだな」

「はあ、なにしろ、あの男、生徒会長してたよって」

「それは、あんまり関係ないぞ。で、その女の子の悩みというのは？」

「その子はいま、大阪の会社に勤めてるンやけど、ぼくらの田舎で一ばんの金持ちの息子と縁談がもちあがってましてね。ま、だいたいまとまるところまできてるらしいンです。そこへ、徳村がゆすりに行ったいうわけです」

「ゆすられる材料があったのかね？」

「ええ、こっちでボーイフレンドでけましてね。このごろ、都会ではたいていの女の子、ボーイフレンドぐらいつくりますわ。そやけど、田舎ではそんなわけにいきまへん。田舎で言いふらされたら、せっかくのええ縁談も、ワヤクチャになってしまいますがな」

「そうだろうな。……で、その子はどうした？」

「OLやから、そない金はない。徳村はいつもの手で、ボーイフレンドと仲好うしてるとこ、カメラでパチリとやったいうことです。そいで、彼女、いま月賦《げっぷ》で金払うてるらしい」

「ほう、ゆすられた金を月賦というのは、珍しいな」

「月二万円。その子のサラリー、ほとんど持って行かれよりますがな。それに証拠の写真も、まだ徳村がおさえてます」

「洋服の月賦とちがって、現物はぜんぶ払ってからというわけだな」

「いま相手に金がないから、徳村も月二万で辛抱してるけど、その子が結婚して金持ちの若奥さんになったら、金額ふやしよりまっせ。その子、心配してね……どんだけ吹っかけられるか、見当もつかんし、もう縁談やめとこと思ても、親のあいだで話はどんどん進むし、思いあまって、遠山に相談もちこんだそうです」

「うん、徳村というやつ、いよいよ悪党だな」

「仏さまにわるいけど、死んでしもたほうがよかったような男でっせ。……とにかく、遠山が心配しよりまして、あの子が殺したンとちがうやろかと。そいで、おまえ、その子にちょっと当ってみイ、そない言われましてン。遠山はいま、大学のことやなんかで忙しイて、そんなひまないよって」

「その子に当って、もし、その子が犯人だったらどうするつもりなんだ？」

「そこが難しいとこですわ。なんとか助かるような工夫を……」

「そんな知恵があるのかね？」

「そやから、大将に知恵借りようと思て……」

「ま、そんな心配はしなくていいだろう」と、陶展文は言った。――「犯人はその子じゃないから」

「え？　じゃ、もうわかってるンですか？」

「およそはね。……遠山君に連絡がとれたら、心配するなと伝えてやるんだな」

陶展文は上衣《うわぎ》をぬいで肩を上下させた。

9

その翌日、午前十時。

北野町の自宅で、陶展文は手帳にひかえた番号をみながら、ダイヤルをまわした。

開明建設虹《にじ》ケ丘《がおか》宅地造成事務所——。

そこに電話をかけたのである。

工事の現場事務所には、女子職員などはいないとみえて、がらがらの男の声が、

「はい、はい」と、どなるように応答した。

「所長さんをお願いします。高岡さん、いらっしゃいますね?」

陶展文はできるだけ事務的な口調で言った。

「ちょっとお待ちになってください」

声はふといが、ことばづかいは丁重《ていちょう》である。さすがは土建業者でも、大会社の職員はしつけがよい。

——高岡ですが。

という声が、受話口につたわってきた。

陶展文はひと呼吸してから、

「福山です」

と、名乗った。

——福山さん？　どちらの福山さんですか？

「フィルムの福山ですよ。あんたの持って行ったのはまちがっていたから、返してもらわなきゃいけないんだが……」

相手は黙っている。

息をのむ声が、受話口にきこえてくるような気がする。

陶展文は眼をとじて、相手のようすを想像してみた。——蒼《あお》ざめたであろうか？

「そのかわり、こちらは、あんたの欲しいフィルムを持って行きますからね。交換ですよ。いいでしょう？」

追いうちをかけるように言って、陶展文は反応を待った。

——う、うん、まあね……。

含み声で、相手はあいまいに答えた。そのあいまいさが、なによりもたしかな手ごたえなのである。

「そばに人がいるんですな?」

と、陶展文が言うと、相手はまるで救われたように、

——うん、そうです。

と答えた。

「フィルム交換の場所と時間をきめたいんだけれど、こんどはそちらにまかせましょう。そんなに遠くないところなら、いつでもこちらから出むきますよ。早く片づけたいので、できるなら今日じゅうがいいね。……いま、そこで場所は言えないでしょうから、あらためて、そちらから電話してくださるかね?……それができますか?」

——できる。……そうしたほうがいい。

「あと何分ほどして?」

——そうですな、三十分か四十分。……一時間以内には。

「では、こちらの電話番号をしらせておきますから、まちがいなくかけてくださいね。もし一時間たっても電話がなければ、こちらは警察にダイヤルをまわす。いいですね?」

陶展文は自宅の電話番号を告げて、電話を切った。

彼は日曜日に、すでに虹ケ丘宅地造成事務所を偵察していた。休みで人はいなかったが、所長室は机が一つだけで、むろん電話もあった。交換台がないこともわかっている。急造の現場事務所は、そとからまる見えなのだ。

事務所の電話番号は三つあり、陶展文はそのうちの一つにかけた。どうやらそれは所長室のではなかったらしい。

他人にきかれるおそれのない所長室の電話、あるいはどこかの公衆電話から、高岡は連絡してくるはずである。

陶展文はじっと待っていた。

腕時計で時間をはかっていたが、電話がかかってきたのは、かっきり二十五分後であった。

——福山さんですね？

おしころしたような声だが、語尾がふるえているようだった。

「そうです。場所と時間はきまりましたか？」

陶展文はおち着き払ってきいた。

——そのまえに、フィルムはどんなふうにして？　このまえのようにですか？

「いえ、このまえのように、カメラにいれたまま、受渡しのときに現像するというのでは、手間がかかりすぎます。ああいうことがあったあとですから、なるべく早くすませたい。ちゃんと現像して、三枚ほど焼付けしておきましょう。一目《ひとめ》でわかるように」

——しかし、それでは……。

「なんども申しますが、あんなことのあとでは、こちらを全面的に信用してもらうほかありませんね」

——わかりました。私も仕事の関係で、夕方までは無理です。時間は、そうですな、六時にしましょう。

「場所は？」

——私は車がありますから、あなたを途中で拾って行きましょう。万事は車のなかで……。待ち合わせの場所も、あまり人目につかないところがいいですな。

高岡はやっとききとれるほどの声で、場所を指定した。

造成工事中の虹ケ丘の近くである。ふだんはダンプしか通らない道で、作業がすめば無人地帯になってしまう場所なのだ。

「よろしい、わかりました」

と、陶展文は言った。

高岡が徳村進を殺したことは、もうはっきりしている。電話のことばと声が、それを証明していた。だが、どうして彼をおさえるかが問題なのだ。

陶展文は策を練ろうとした。しかし、人間の醜《みにく》さがたえず彼の頭にのぼって、思考を妨《さまた》げるのであった。

DP屋の坂上志津子は、相棒の徳村進の死を悲しむよりは、フィルムを金にかえることばかりを考えていたのである。

徳村進にしても、死ぬまぎわに、わずかに残った力で鉛筆を握ったが、それはかならずしも、犯人を指摘しようとしたのではなかったらしい。

シズカイケ。

最初の二字は、相棒の志津子への宛名であろう。つぎのカの字とのあいだが、かなりあいている。

宅地造成地の写真をみて、陶展文はあとの三字の意味がわかった。

その写真は工事の失敗をとらえていた。志津子の話から察すると、徳村はその場面を偶然うつしたらしい。はじめは、それが金になるとは思わなかったようだ。だが、いつも他人の弱点を狙っている徳村は、工事の会社から金をせしめることはできないだろうかと、習慣的に考えたのにちがいない。

だが、開明建設は大きすぎた。徳村のやってきたのは、個人のスキャンダルに食いつくこと、弱いものいじめである。相手に組織があって強ければ、手出しをしない。良い縁談のもちあがっている下級生の女の子などが、徳村むきの対象なのだ。大会社であれば、顧問弁護士などがいて、そうかんたんに食いものにされない。

ところが、ものは試しと研究しているうちに、会社はだめだが、その写真をタネに、ある個人を恐喝する可能性のあることに気づいたのであろう。工事現場の事務所長の特異な性格を、徳村も誰かから聞き込んだものと思われる。徳村は特殊な嗅覚《きゆうかく》をもっているので、そういうことを嗅《か》ぎつけるのは得意であるはずだ。そして話を進めた――。

陶展文は自分の推測が、おそらくまちがっていないだろうという自信をもっていた。

徳村は志津子に、彼女の手もとにあるフィルムを金に替えうる相手を、教えようとした。それが瀕死《ひんし》の彼にうかんだことなのだ。

ただし、高岡の名を書いても、それでは志津子にはわからない。高岡は肩書き抜きではわからない人物である。どこそこの高岡、と書く必要があった。例の五文字のうちあとの三字は、相手の肩書きを書きかけたものと考えねばならない。

開明建設。――この誰でも知っている大会社は、ふつう開建《かいけん》という略称で呼ばれている。

シズ、カイケンノタカオカニアタレ。

もし徳村にまだ余力があったとすれば、右のように書いたであろう。それが、はじめの五字までしか書けなかった……。

高岡というのも、人間の醜悪面をさらけ出している人物だった。宅地造成の工事上のミスを、彼はただちに労務者を督励《とくれい》して、かくしてしまったにちがいない。工事日誌にはもちろん記入せずに。

それがすんだと思っていたら、土砂のくずれた現場を写真にとった男がいた。しかも、それをタネに、金品をゆすりにきた。

ちょうど、神戸の水害のときの市ケ原《いちがはら》の土砂くずれが、ゴルフ場造成の会社のミスによるものとして、刑事責任を問われたことが新聞にのっていた。虹ケ丘宅地の造成でも、ミスが表面に出ると、死人を出した市ケ原ほどではないにしても、すくなくとも所長の高岡のキャリアに黒星として記録されるのは確かであろう。

完璧主義者の高岡には、それは辛抱できないことである。五十万円でフィルムを買い取れば、それですむことかもしれない。だが、高岡の完璧主義は、事を闇に葬《ほうむ》り去る最も完全な方法を要求した。

恐喝者を消す！

物欲と性格の歪みがからみ合った、醜悪な人間模様が、陶展文を滅入《めい》らせた。

「いやな事件だな。ほんとに早くケリをつけなきゃ……」彼はそう呟いた。

10

山を削りとって、そこを幾何学的《きかがくてき》な枠《わく》におさめようとしている土地。——どこの造成地にもあてはまることだが、虹ケ丘はとくに規模が大きい。

高岡に指定された地点に来て、陶展文は、「なるほど……」と、ひとりごちた。

ダンプの専用路がカーブをえがいているところである。西南のほうに人家があるが、そちらからは見えないようになっていた。地形としてもかなり高いところで、下からみると山のうしろになる。山といっても、造成した四角い土地の塊《かたま》りなのだ。すでに石垣のつくられたところもある。

墨塗りの乗用車が、坂をのぼってきて、陶展文のまえでとまった。陶展文は腕時計をみた。さすがは完璧主義者だけあって、約束の時間に一分もたがわない。

運転していた人物が、からだを斜めにして、助手席のドアをひらいた。

「福山さんですね？」

四角い顔、そしてきちんとわけた頭髪。——造成地を人間化したようなかんじの男が声をかけた。

「そうです。あんたは高岡さんだね？」

相手はうなずいて、

「乗ってください」

陶展文は大きなからだを折りまげるようにして、助手席に乗りこんだ。彼がドアをしめると、高岡はゆっくりと車を進めた。

「フィルムは？」

と、高岡はハンドルを握ったままきいた。

「金《かね》は？」

と、陶展文は返事のかわりにきいた。

「ポケットにありますよ」

高岡は片手をハンドルからはなして、右のポケットをおさえた。

「フィルムも、私のこっちのポケットにある」

陶展文は左のポケットをたたいて笑った。

「もうすこし行ってから、車をとめて交換しましょう」と、高岡は言った。

「いいでしょう」

車はゆるやかな坂をのぼって行く。

陶展文は窓の外をみた。夕陽にほんのり染まった空を、仰《あお》いだのである。

「このあたりで」

と言って、高岡は車をとめ、ポケットをさぐった。

「一、二の三で、同時に出しますかね?」

そんな冗談を言いながら、陶展文もポケットに手をいれて、紙袋をとり出した。高岡は札束を陶展文のほうにさし出した。

「では、たしかに」

と、陶展文は紙袋を相手の膝《ひざ》のうえにのせてから、札束を受取った。

高岡は紙袋のなかみをしらべ、陶展文は札束を勘定《かんじょう》した。

「まちがいありません」

陶展文はその札束を、無造作にポケットにつっこんだ。

「私のほうも……」

高岡も紙袋をポケットにおさめて、ハンドルを握りなおした。——車はうごいた。

「引き返さないんですか？」

と、陶展文はきいた。

「もうすこし先に、ひろいところがあります。そこまで行きましょう。ここでもターンできないことはありませんが、ちょっと危ないので」

道路の片側は削られた山肌で、反対側は崖になっている。それもかなり高い。たしかに危険であった。

百メートルほど坂を登ったところで、はたして道路はややひろくなっていた。

「ここで引き返しますよ」

高岡はハンドルをまわした。運転が下手《へた》なのか、それともわざとしたのか、必要以上に大きなUターンであった。崖にすれすれである。

「どうも車の調子がよくありませんな」

と、高岡が呟いた。

終幕が近づいた。陶展文はそうかんじた。

「ドアをあけてくれませんか？　そこから降りてしらべてみます」

高岡は命令するように、助手席のドアを指さした。

高岡がそこから降りるためには、まず陶展文が降りなければならない。

「じゃ、さきに降りますよ」

陶展文はドアをあけて、そとへからだをすべらせた。そのとき彼は、ちらとうしろに眼を走らせた。高岡もからだをドアのほうに寄せていたが、右肩がだいぶ垂れている。不自然な姿勢であった。

(座席の下をさぐっている)

陶展文には、そのぐらいのことはわかった。

ドアのそとは、崖ぶちまで一メートルもなかった。

右手を後ろにした高岡は、陶展文につづいて車から出た。そして、いきなり右手をふりあげた。スパナーがその手に握られている。

陶展文はおどろかなかった。彼の予想していたとおりに、事は進行しているのだから。

陶展文の巨体は、信じられないほど軽く、うしろにとびさがって、ふりおろされたスパナーをかわした。

空振りをした高岡は、あわてて体勢をたて直そうとしたが、陶展文の手がのびて彼の右腕をつかんだ。

いまにも骨が砕《くだ》けるかと思われるほど、それほどおそろしい力がこめられている。

スパナーが高岡の手から落ちた。

「ばかなことをしなさんな」

と言って、陶展文は相手の腕をつかんだ手を、すこしゆるめた。ひと揺りして、陶展文の手をふりほどくと、高岡は半歩とびさがって、腰のあたりに手をやった。つぎの瞬間、彼の手に握られたものがキラと光った。

「そのナイフで、徳村を刺したんだね？」

と、陶展文は憐《あわ》れむように言った。

高岡の眼は燃えていた。半ばひらいた唇は歪み、白い歯が二本のぞいている。狂気がそこにあった。

（一匹の獣がここにいる）

と、陶展文は思った。

その猛獣がおどりかかってきた。

陶展文はとっさに身をかわした。

片方の靴の踵《かかと》が、崖ぶちからすこしはみ出た。体重を前にかけることで、彼は踏みこらえている。

ナイフを握っている高岡の手首は、すでに陶展文の逞しい手につかまれていた。

「う、う、う……」

けだもののように、高岡は呻《うめ》いた。

「観念したまえ。この活劇は、さっきから八ミリで撮影しているんだぞ」

陶展文は、道路の片側の壁になっている、垂直に削りとられた山肌に沿って、視線をすこしずつ上にむけた。

八ミリカメラを下にむけている人物が、その上にいた。――小島和彦である。

そばに神尾警部の顔もみえた。

「陶さん、すぐに降りて行きます。そいつをちゃんとおさえておいてくださいよ！」

警部は大声で言った。

その日の午後、陶展文は彼らに連絡して、あたり一帯を見わたせる地点で、待機してもらうことにした。彼らはアルピニストのように、ピッケルで足場をつくりながら、そこへ登っていたのである。人間がいるなど、とても考えられない場所であった。

小島和彦が高く手をあげた。――ザイルを握りしめて。

高岡の頬は、ふいに弛緩《しかん》した。

眼のなかの炎も消えた。

ナイフが手からはなれて、道路の上にまっすぐにつきささった。

軌跡は消えず

1

ここ数年来、陶展文《とうてんぶん》は学校時代の友人と会う機会が多くなった。定年はとっくにすぎ、第二の人生にはいった者も、どうやら引退する時期にあたっている。そういえば、陶展文もあまり「桃源亭《とうげんてい》」に顔を出さなくなった。妻の甥《おい》の衣笠健次《きぬがさけんじ》が、もう一人前になっていた。

——私の出る幕ではない。

べつに体力の衰えはかんじないのだが、そんなふうに考えて、店の経営から手をひいているのだ。

同年輩の学友たちも、だいたいおなじような状況であるらしい。いつまでも地位に恋々《れんれん》としているようにおもわれたくない。だから引退したが、まだ残った気力をもてあましているのである。

——第三の人生のはじまりだな。……

と、腕を撫《な》でる人もいる。気力が残って、時間が剰《あま》っているので、久しく会わない友人を訪ねてみようという気になるようだ。

陶展文の妻の節子《せつこ》は、夫の学友が来るたびに、ひそかに比較してみる。ほぼおなじ年なのに、夫は誰《だれ》よりも若くみえた。それは妻の誇りでもあった。

浦戸宏《うらとひろし》が訪ねてきたとき、節子はショックを受けた。夫の同窓生のなかで、はじめて夫よりも若くみえる人物があらわれたのである。浦戸が帰ったあと、節子はため息をつくように、

「あなたより二つ三つ若くみえるわ」

と、言った。

「では、五十代ではないか。そんなに若くみえるかな、あの男は？」

陶展文は首をかしげた。

七十になった彼は、誰からも六十にしかみえないといわれていた。その彼より若いのだから五十代ということになる。

「職業柄じゃないかな。……」

陶展文はそう言って、自分を納得《なっとく》させた。浦戸は小児科の医者であった。子供ばかりを相手にしていると、年をとらないのであろうか。

「そんなことないわ。でも、からだに気をつけておられるのでしょう」

「医者の不養生というが、慎重な医者もいるよ。浦戸君なんかもそうだ。……それに、彼はじっさいに、私より二つ三つ若いかもしれないぞ。たしか彼は……」

陶展文は日本に留学したとき、特設科で一年間日本語を学び、そのあと旧制高校にはいったのである。当時は中学四年修了でも旧制高校にはいることができた。また大正末年ごろには、小学校五年から中学に進学することも、例外として認められていた。ふるい話なので、陶展文もよくおぼえていないが、浦戸はそんなコースで進学してきた秀才だったような気がする。

「書類袋をお預りしたのね。またなにか頼まれたのですか？」

と、節子は訊《き》いた。

陶展文の友人たちは、年をとったせいか、家にある古いものに興味をもつ者が多い。漢文で書かれたものを、陶展文に解説してくれという依頼がすくなくない。このあいだも、掛軸《かけじく》を六本も持ってきた友人がいた。

「頼まれたというよりは、こういうものがあったと、置いて行ったのだよ。……中国人が関係しているのでね」

「ああ、そうですか。……」

節子はそれ以上たずねなかった。

陶展文はその夜、書斎で浦戸が置いて行った書類袋をあけ、そのなかのものに目をとおした。その内容については、浦戸からあらましのことはきいていた。

浦戸家は、代々、医者を業《なりわい》としていた。神奈川県のS市では、個人病院としては一、二位にランクされていたという。もっとも、この病院は浦戸の兄が継ぎ、浦戸のほうは国立病院につとめ、最後は院長になった。

S市の浦戸病院は、彼の兄が去年死んだので、その息子が市立病院の医長をやめて、戻ることになったという。

——どうも古めかしすぎる。

浦戸の甥はそう言って、病院を建て直すことにした。古い病院なので、いろんなものがあって、その整理だけでもたいへんだった。浦戸はからだがあいていたので、その整理を手伝った。

几帳面《きちょうめん》だった浦戸の兄は、よくものを残した。「重要」と朱書した紙を貼《は》った棚を調べても、その大半は廃棄してよいものだったのである。

——叔父《おじ》さん、思い切って処分してくださいよ。

甥は手伝いに来た浦戸にそう言った。

——わかった。わかった。

病院としては不要なものでも、兄の思い出にのこしておきたいのもあり、浦戸はそんなものは我が家に持ち帰った。彼の亡兄は、趣味に絵をかいたが、得意としたのは植物の写生であったという。一枚の葉を、葉脈の末端まで、克明にペンで写したのもあった。

——これでは、植物学教科書のさし絵だ。

息子はそんなふうに片づけたが、弟である浦戸にとっては、几帳面すぎるほど几帳面な兄の息吹《いぶ》きが、そんなペン画のうえにもかんじられた。

——要らないのならもらっておくよ。

——どうぞ、どうぞ。

そんなやりとりがあったという。ペン画だけではなく、ちょっとしたメモにも、兄の性格がにじみ出ていて、棄てるにしのびないものがすくなくなかった。

浦戸が陶展文のところに置いたのは、そのなかの一件であった。大型の紙封筒のなかに、ふつうの封筒がはいっていた。なかの封筒は紙質がよくない。一見して、戦争末期かそれとも終戦直後のものであるとわかった。表に小さな字で「秘」と墨書されている。

浦戸は手土産にブランデーをさげてきたが、別の紙封筒をそれに添えた。

――兄貴の作品だよ。その手のものがいくらもあった。きみにあげるよ。

はにかんだような笑いをうかべて、彼はそう言った。

2

「ひどいことをするのね。……これもテレビの影響かしら」

節子は眉《まゆ》をひそめた。新聞で凶悪犯罪の記事を読んだのである。平均的な主婦の感想であろうか。

「殺人でひどくないのがあるものか。テレビのない時代でも、人殺しはひどいものだったのだ。……」

陶展文はテレビ影響説には否定的であった。

「あら、どちらがほんとなのかしら?」

別の新聞をとりあげて、節子はそう呟《つぶや》いた。

「なんのことだね？」

「富士新聞には、ＯＬ絞殺さると出てるのに、中央新聞には無職とあるわ。年は三十二……これはどちらもおなじだけど」

「勤めをやめたＯＬは無職だよ」

「とにかく三十二の女性が殺されたのね。……あら、このマンション、あたし行ったことがあるわ」

「おまえさんの行っていないマンションってあるかな」

「まぁ、そんな減らず口……」

娘の羽容《うよう》は嫁に行き、甥の健次は結婚して別居したので、北野町《きたのちょう》の家に老夫婦二人だけ残った。

二人だけなら、マンションのほうが住みやすいだろう。――節子はそんな意見をもって、あちこちの分譲マンションを見てまわった。だが、まだ踏み切ることができないでいる。

十年前にくらべて、二人は旅行することが多くなっている。日中国交正常化後、陶展文は妻を伴《ともな》って、何度か里帰りをして中国各地をまわった。長いあいだ家をあける

ために、娘に留守番を頼んだりするが、

——あたし、もう自分の家庭をもっているのよ。子供もいるしね。

と、羽容も引き受けはするものの、ひとこと文句をつけるようになった。節子はよけいマンションに引っ越そうと考える。そして、せっせと見学のためにマンションに通ったのである。

「このエーゲ・マンションというのは、ずいぶん高級なのよ。……この被害者の真島信子って人、お金持ちじゃないかしら。こんなところで一人住いなんて。……」

「え、エーゲ・マンション？」

陶展文は反応をみせた。

「知ってるの？」

「いいや。……おかしな名前だとおもっただけだよ。それどこにあるのかね？」

「山本通り……トーアロードのちょっと西寄りです」

「あのへんはマンションだらけだな」

陶展文がエーゲ・マンションという名に反応を示したのは、浦戸宏の置いて行った文書と関係があったからである。

——浦戸文書。

陶展文は勝手にそう命名した。その文書にエーゲ・マンションなどという名前は出てこない。なにしろ、その文書は戦争末期のものである。

浦戸文書は二つの部分からできている。はじめは、昭和二十年四月におこった事件が詳細に述べられている。それにつづいて、事件をひきおこした人物の「詫《わ》び状」のような文章があり、署名、拇印《ぼいん》に終わっている。

昭和二十年四月といえば、すでに空襲がはげしくなった時期で、混乱期ということができるだろう。あるいは非常識の時代といってもよい。軍国主義はヒステリー化して、常識では考えられないことが、言われたり、おこなわれたりしていたのである。

神奈川県のZ町に海軍工廠《こうしょう》があった。労働者不足に悩まされた当局は、台湾から少年工を連れてきたのである。小学校（台湾では公学校といった）の高等科を卒業した少年を、大量に募集したのだ。

募集といっても役場にはノルマがあって、村の人口比によって、ここは三十人、ここは二十人と、数をきめられている。

——夜間中学にいれてもらえる。……

といった甘言も用いられた。

だが、少年たちに課せられたのは重労働であった。セクションによって差もあったし、監督の性格によってもちがうが、ふつうの少年なら辛抱できないほど、労働条件や生活環境のきびしいケースもあった。

勝村八郎は監督助手だったが、彼の下にまわされた少年たちは悲惨というほかなかった。彼はサディストで、少年たちをいじめることがその生き甲斐《がい》だったようだ。リンチにつぐリンチで、たまりかねて逃亡する少年もいた。勝村はそれを追跡するのも好きである。日本の植民地であったが、台湾の少年はそれほど日本語が達者ではない。所持金もすくないし、配給手帳もない。そんな逃亡少年を追いつめるのは、しごくかんたんなことだった。

——人狩り。

と称して、その機会を待っているかのようだったという。

狩り立てられ、つかまったときは、半殺しの目に遭《あ》わせる。

勝村は身長一・八米《メートル》、体重八十キロという巨漢で、自称柔道三段であった。そのうえ、リンチのときは、バットか青竹を使うのだから、おそろしいことこのうえもない。

S市まで逃げた梁 隆仁《りょうりゅうじん》という少年は、空腹のためほとんどうごけない状態で、勝村につかまってしまったのである。

血に飢えた勝村は、さんざん梁少年を叩《たた》きのめした。それは街頭で、しかも白昼におこなわれたのである。

――非国民だ！　売国奴だ！

と喚《わめ》きたてながらリンチを加えた。

それを見ていた人が、浦戸病院にしらせたのである。そのとき、浦戸宏は軍医として出征していて、兄が父を補佐して、医療にあたっていた。

浦戸の兄――浦戸登は、瀕死《ひんし》の梁少年を病院にはこびこませると同時に、勝村に同行をもとめた。勝村は威丈高《いたけだか》になって拒んだ。

――おれは海軍だぞ！

それにたいして浦戸登は、

――海軍だろうが陸軍だろうが、人殺しは人殺しだ。監獄にぶちこむ。

と、応じた。

浦戸登はほんものの柔道三段であった。勝村の手をねじあげ、身分証をとりあげ、病院に連れこんだのである。外科医であった浦戸登は、東京の病院に勤めていたころ、やくざの喧嘩《けんか》出入りの患者を扱い慣れていた。勝村を扱うことなどお手のものであった。

警察も呼んだ。

梁少年はもう手遅れであった。

――惨殺《ざんさつ》されたのだ。

浦戸登はきっぱりと言った。

――脱走者に罰を加えるのはとうぜんだ。軍ではいつもやっていることだ。脱走者は非国民の売国奴だ。上官からも、殴ってよいといわれた。それが軍のやり方だ。

と、勝村は言い張った。

――軍だ軍だというが、おまえの身分証によれば、おまえは軍籍にない。民間人であるから警察に引き渡し、殺人犯として拘留されることになる。

浦戸登はそう言った。

このとき、病院に呼ばれた警察が、かえって勝村のためにとりなしたのである。

――この非常時に、前途有為の青年を、監獄に拘留するのは惜しいことではないか。見るからに頼もしいではないか。

たしかに勝村の体格をみれば頼もしくおもう。こんなりっぱな体格のもち主が、兵隊へ行かずに、海軍工廠にいるのはふしぎといわねばならない。

浦戸登はしだいに折れた。彼は後年、このことをあまり語りたがらなかったが、弟

にたいして、

――戦争中は狂気が支配していて、わしもそれに伝染したことがあった。時代に流されたといってもよいな。後悔することがあったよ。……

と、しみじみと述懐したことがある。後悔することというのは、おそらくこの一件のことであろう。

Z海軍工廠を脱走した台湾人少年が、S市において何者かと喧嘩して死に、路上に遺棄《いき》された。警察にもこのことは届け出た。……

そんなふうに決着をつけたのである。呼ばれた警官が、進んで書類上の処理をした。

3

そのままでは、しかし、浦戸登の医師としての良心が許さなかった。几帳面な性格であったので、リンチのもよう、傷の詳細を克明にしるし、勝村八郎という人物がこの殺人をおかしたという文書を作った。そして、

――右のこと、事実に相違ありません。

ということばにはじまる詫び文を勝村に書かせ、署名させ、拇印を捺《お》させたのであ

る。

詫び文のなかには、これから心をいれかえて真人間になり、犯した殺人罪のつぐないをいたします云々《うんぬん》というくだりがあった。そして、万一、罪のつぐないに誠意をもたないことがあれば、いつでもこの文書を公《おおや》けにされても不服はない、と追記されている。

この文書が、法的に有効かどうかはわからない。だが、その公表によって、将来、勝村がどんな地位にあるにせよ、社会的に大きなダメージを受けるのはまちがいないだろう。——すくなくとも昭和二十年四月当時、医師浦戸登はそう考えたはずである。三十数年後に、この文書を発見した浦戸宏は、兄の純真なヒューマニズムにふれたであろう。死亡診断書などについて、医師として歪曲《わいきょく》したところはすこしもない。だが、若くて体格のすぐれた犯人を、その将来を考えて、法に違反してかばったのである。その良心の呵責《かしゃく》にたいして、この文書を一種の免罪符にしようとしたのであろうか。

なぜこの文書を、浦戸が陶展文に渡したかといえば、被害者が台湾出身の少年であることのほか、偶然、彼が「勝村八郎」の名を雑誌の広告でみて、その住所が神戸だったからである。

――驚異の健康食品ガリクメイト！

と題する広告で、問い合わせ先が神戸《こうべ》市中央区のエーゲ・マンションになっていて、代表者勝村八郎となっていた。

浦戸宏はその広告をコピーして、封筒のなかにいれていた。

――同姓同名の別人かもしれないが、たまたまこの文書をみつけた日に、この広告が目にはいったので、なにかの因縁《いんねん》だろうね。

と、浦戸は言ったのである。

詫び状には、本籍も生年月日もはいっていて、拇印まで捺しているから、同姓同名の別人ならすぐにわかるであろう。

調べてみよ、とまでは言わなかったが、陶展文は自分の性格として、

（これはまたおれの詮索癖《せんさくへき》が出てきそうな気がするな）

と、苦笑していた。ひまなわけではないが、ひまをつくろうとおもえばつくれる身分になっている。

（よしたほうがいいのじゃないか）

という別の声も、どこかからきこえてくるかんじであった。そんなときに、新聞を読んでいた妻の口から、エーゲ・マンションという名が出たのである。

（こうなれば、行かざるをえないな。……）

陶展文は肩を揺すった。

詮索すべき相手は、全国的な雑誌に、堂々と名前入りの広告を出している。だから、正攻法でアプローチすべきであろう。広告には電話番号までのっているので、電話簿をひっくり返し、虫眼鏡でさがす必要さえない。

陶展文がそこへ電話をかけたのは、午後三時半のことであった。

――ガリクメイトについておたずねしたいのですが。

と、彼は言った。そのまえに、勝村さんですかときくと、相手は「そうです、勝村です」と答えた。使用人でもオーナーの名を呼びすてにするのが、日本では礼儀になっている。勝村ですというのは、勝村のうちの者です、の省略かもしれない。

ご本人ですか、と確かめたかったが、それではあまりにも執拗《しつよう》すぎて、警戒されるであろう。声からすれば、かなりの年輩のようにおもえた。詫び状の生年月日からすれば、その勝村は六十を越えたばかりのはずだった。

――ご住所をお知らせください。すぐにカタログをお送りします。

電話の声はおだやかである。

――じつは、たいそう近いのです。歩いて十分ほどのところにいますので、取りに行ってもよいでしょうか？

——ほう、そんなにお近くですか。では、どうぞ。お待ちしております。ええっと、お名前は？

——北野町の陶展文です。

——えっ、では東南ビルの桃源亭の……

陶展文はちょっとした知名人だった。ラーメン屋の主人というよりは、漢方の先生としてのほうが有名である。

——店のほうはもう引退しました。

——陶先生ですか。それなら、こちらからおうかがいしたいことがあります。かねがねご高説をうけたまわりたいとおもっていたのですが、あいにく紹介者もございませんでしたので。……

——お役に立つかどうかわかりませんが、とにかくおうかがいします。

電話を切ると、陶展文はぶらりと出かけた。

4

「このマンションに、いやな事件がおこりましてね。階はちがいますが、入口にはまだ警察が張りこんでいたのではありませんか」

ドアをあけた人物は、そう言いながら、陶展文を部屋にいれた。ドアをあけたところが、オフィスふうになっていて、「ガリクメイト」の大きなポスターが壁に貼ってあった。

「勝村です」

男はあらためて名刺を出した。

――ガリクメイト株式会社代表取締役

という肩書がついていた。陶展文も名刺を渡した。こちらは姓名と住所だけで、肩書は一切ついていない。

勝村は長身であったが、一・八米《メートル》はないようにおもえた。また、スマートで痩身《そうしん》であった。浦戸文書では巨漢となっているが、それとはかんじがちがうようである。とはいえ、三十数年もたっているのだから、体型が変わってもふしぎではない。

健康食品談義がはじまった。

ガリクメイトはその名のとおり、にんにくを主成分とするが、成分をそこなわずに、臭気を除くのが難しい。勝村はその苦心談をした。にんにく以外に数種の漢方薬を用いているが、勝村はそれについて、陶展文にかなり突っこんだ質問をした。

ずいぶん勉強しているようだった。浦戸文書では手に負《お》えない乱暴者という印象だが、還暦をすぎた勝村八郎は、きわめておとなしい学究肌の人物である。

年とともに性格が変わるのはありえないことではない。若いころ、鬼のなにがしとおそれられた人物が、年をとって好々爺《こうこうや》となり、仏のなにがしと呼ばれる例はすくなくない。

「戦争中に薬専を出たのですが、あのときもっと勉強しておけばよかったと後悔していますよ」

健康食品談義が一段落したあと、勝村はそう言った。

「ほう、薬専を卒業されて……で、そのあとはなにか……」

「戦争中でしたから、行くところはきまっていましたよ。陸軍病院の薬局です。材料不足で困りましたね。終戦の年の七月、広島から大阪に転勤しまして、原爆は免《まぬが》れました。もう死んだものと、両親はあきらめたそうです。転勤のことなんか、山梨の家にしらせるひまもありませんでしたよ。それに、異動のことは伏せておくのが、当時のやり方でしてね。かくさなくてよいことまで、極秘扱いですよ」

詫び状の勝村八郎の本籍も、やはり山梨県だったのだ。

「ご両親はよろこばれたでしょうね」

「そりゃ、そうですよ。おふくろなんか、私のからだをさわってね……幽霊じゃないとたしかめてから、わっ、と泣きだしたんです」

「わかります」

「友人たちも、てっきり私が広島でやられたとおもったらしいのですよ。広島にいることだけはわかっていましたからね。……冗談でしょうが、私が無事に復員して、がっかりしたと言った友人もいましたよ」

「がっかり？」

「竹馬《ちくば》の友で中林というやつがいましてね。早くから前科がついてしまって、なにをするにも不便だったので、私に戸籍を貸してくれなんていってね……軍の工場につとめるためでしたが……私が帰ってこなければ、そのまま勝村八郎になりすますところだったと言っていましたよ。冗談まじりでしたが、あの男のことだから、半《なか》ば本気で考えていたかもしれませんよ」

「ほう。……」

詮索するまでもなく、相手が自発的に陶展文の知りたいことをしゃべってくれるのだ。

「でも、よく名前を貸しましたね」

「悪いやつでしたが、親友でね。子供のころから、なんどもあの男には改心するように、口を酸《す》っぱくして忠告しましたよ。軍隊へ行くとき、感傷的になっていたこともあって、この友人の更生のためには、どんなことでもしてあげようという気持でしたね」

「純真な友情ですね」

「そのとおりです。……そのまま戸籍を使われていたら、たいへんなことになるところでした。……」

「では、その中林という男、その後も改心などしなかったのですね」

「ええ、悪いことばかりしていましたよ。はじめは、暴力をふるうといった、ま、凶悪なことをして、なんどかくらいこんだようです。五十をすぎてからは、知能犯ですか……総会屋まがいのことをやったり、詐欺行為を働いたり、彼のために、ずいぶんおおぜいの人が泣かされたようです」

「いまでもおなじですか？」

「いま？　いえ、もう死にましたよ。三年ほどまえに」

「病気になったのですね」

「いえ」勝村は首を横に振った。――「ふつうの死に方ではありませんね。じつは、このマンションで女性が殺されましたが、私は中林のやつのことを思い出しましたよ。やっぱりマンションで一人住いでしたが、毒殺ということでした」

「毒殺？」

「恨まれていましたからね。彼のためにひどい目に遭った人は多すぎるほど多かったので、警察でもお手あげでした。容疑者、つまり動機のある者は、かぞえきれないほどでしたよ。私なんかのところへも、警察の人が来ましたからね。当時、私は東京に住んでいたのですよ」

「どうして、あなたのところに？」

「忠告の手紙をなんども書いたのです。……は、は、なかにはひどい表現もありましたよ。おまえみたいなやつは、この世から消えたほうが、世のため人のためになる……ま、そんなことを書いたおぼえもあります。あいつによかれとおもって、はげしいことばを使ったのです。幸い私は生薬《しょうやく》の買いつけで香港《ホンコン》へ行っていましたので、アリバイはありました。……それでも、あれこれときかれたものです」

「犯人は挙がりましたか？」

「迷宮入りです。……もう三年もたちましたから、解決は難しいんじゃないですか。よくやってくれたと、犯人に感謝するむきもあるようですが」

「毒殺ですか。……」

陶展文は呟いた。

「猛毒です。……はじめは毒の種類がわからなかったほどでした。毒蛇の毒を合成したものでしてね。そう、学名はあるんです、難しいのが」

「飲まされたのですか？」

「刺されたのです。注射です。これもはっきりしないのですが、からだにいくつも注射を刺したような傷がありましてね」

「でも、大の男が、よくかんたんに注射されましたね」

「そのまえに、クロロフォルムを嗅《か》がされていますね。その毒は全身にまわって効くまで、長い時間がかかるものです。だから苦しんだでしょう、麻酔からさめたあと。……毒薬などを使ったので、薬をやった私などが、かなり疑われたでしょう。香港へ行っていてよかったですよ」

「それはよかったですね」

5

廊下が騒がしくなった。

ただならぬ気配である。どた靴で走るような音がして、怒号《どごう》がまじった。

「なにかありましたな」

勝村八郎と陶展文とは、ほとんど同時にソファからたちあがった。勝村がドアをひらいた。

フラッシュが光った。

「原田、顔をあげろ！」

報道の腕章を巻いた男がどなった。

「やっぱり一階のガードマンはしっかりしている。あの晩、外へ出たものはいないと言い切っていたからね」

「外へ出ないはずだ。おなじマンションの別の階に犯人はいたんだもの」

「動機は？」

「痴情の線だね」

そんなやりとりが、一時に陶展文と勝村の耳にはいった。

騒ぎの渦は、エレベーターのほうに移り、やがて静かになった。台風一過である。

数人の警官が残っていたが、彼らの顔に安堵《あんど》の表情があった。

「スピード解決ですな」

勝村は首をすくめた。

「日本の警察は優秀ですからね」

と、陶展文は言った。

「でも、中林の毒殺の件は迷宮入りでしたよ。手がかりはあったのにね」

「毒薬の入手経路ですな」

「一般の人は、そうかんたんに手に入れることができませんね。私たちなら、自分で合成できますが。……ほかに遺留品らしいものもありましてね」

「それは？」

「水牛の角《つの》でつくった五センチばかりの小さな仏像です。それがテーブルのうえに置かれていましたよ。週に二、三回、中林のところへ掃除に行くばあさんが、そんなものはなかったと証言しています」

「テーブルのうえだったら、おとしたのではなく、置いたのでしょうな」

「供養《くよう》の気持でしょうかね。……でも、別の見方もありましたよ」

「ほう、どんな見方ですか？」

「戦争中、私の名を使ってZの海軍工廠につとめていたときも、中林はずいぶんひどいことをしたようです。あそこには、ご存知《ぞんじ》のように、台湾から連れて来られた少年工がたくさんいましてね。中林のやつは、そこで鬼軍曹的に威張っていたそうです。ビンタ、殴る、蹴《け》る、乱暴の仕放題で、彼はそれを得々《とくとく》と私にきかせたこともあります。私はもうカッとなりましたよ。……そうでしょう、そんなことが私の名でされていたのですからね。……あのときにいじめられた少年工……いまではもうりっぱな中年でしょうな。たいてい帰国しましたが、一部分は残ったそうです。帰国した連中も、貿易かなにかで日本にやって来ますよね。そんな連中の一人が、あのときの虐待に復《ふく》讐《しゅう》した、という見方もあります。復讐ということを暗示するために、台湾産の水牛の角の仏像を置いた。……この見方はどうでしょうか？」

「そんなので殺されていたら、戦争中の下士官なんて、命がいくつあっても足りませんよ。殴られたぐらいではねえ。……身内や友人が殺されたのならともかく……」

陶展文は慎重に言った。

「そうですな。……でも、彼のリンチで、からだをこわして、あとで死んだ人がいるかもしれませんよ。直接、殺したのではなくても、間接の殺人ですからね」

「ま、世の中にはいろんな人がいますからね。私たちの常識では、推《お》しはかることができないほどの、どう申したらよろしいでしょうか、その……異常な感受性をもった人もいるでしょう。動機なんて、どこからどこまでという線は引けませんよ」

「そうですね。……うしろの車がクラクションを鳴らしたというだけで、人を殺したやつもいましたな」

　勝村は納得したように言った。すくなくとも、このほんものの勝村は、浦戸文書に自分の名が出てくるリンチ殺人のことは知らない。中林はリンチのことを、得々としゃべったそうだが、さすがに人を殺したことは口にしなかったようだ。

「あなたと同じ階にも、殺人犯がいたのですからね。あの男はご存知ですか？」

「原田ねぇ。……ついこのあいだ越してきたばかりですよ。若いのに、よくこのマンションの部屋を買えたものだと、みんなが噂《うわさ》していたそうです。一説では、彼はただの留守番であったともいいますがね。……大都会では、隣はなにをする人ぞ、ですよ」

「健康食品の話のつもりが、ずいぶん殺伐《さつばつ》な話になってしまいました。ケチがついたというのもなんですが、今日はこれで失礼して、ガリクメイトについては、また後日、おうかがいしましょう」

「私も漢方のことで、まだおききしたいことがたくさんありますが、いずれそのうちにお教えいただきに参ります」

「とつぜん、失礼しました」

陶展文はたちあがって、ていねいに一礼した。この部屋に通されて、一時間ほどしかたっていないが、彼はいろんなことを知ったのである。

6

（ほぼわかった。……）

陶展文は心のなかで、自分にそう言いきかせてエーゲ・マンションを出た。マンションの前には人だかりがしていた。容疑者はすでに連行されたあとだが、野次馬には未練《みれん》がましい人が多いらしい。

浦戸登は自分が癌《がん》であることを知っていたという。医師だから、自分の余命がどれほどなのか、ほぼ察していたであろう。

（いまのうちに、やりたいことをやる）

そんな気持になるのはとうぜんなのだ。

几帳面な彼は、例の詫び状についても、ただの形式とは考えていない。それについて責任をもたねばならないとおもっていたはずだ。そんな浦戸登だから、戦後、かなり早い時期に、勝村八郎がじつは中林某であったことを知ったにちがいない。

中林は悪の世界で名を売るようになり、浦戸登の耳にもそれがはいるようになったであろう。だが、彼はその「詫び状」を、彼にたたきつけるのに躊躇《ちゅうちょ》せざるをえなかった。拇印が捺してあるので、指紋で確認できるとはいうものの、姓名がちがっていては迫力に乏しい。

（あのとき赦《ゆる》してやらねばよかった。……）

浦戸登は歯がみしたにちがいない。

前途ある青年だから、という理由で法に違反して見のがしたのである。その青年の前途というものは、世の中に害毒をふりまくばかりだとわかった。

弟の浦戸宏の話によっても、彼の兄が感情的すぎるほど正義感に燃える人物であることが察しられた。

中林某の悪行のかずかずを、浦戸登はこまかく調べていたとおもわれる。責任感から、彼はそんな追跡調査をしたであろう。調べれば調べるほど、彼はあのとき中林を警察に引き渡さなかったことを悔《く や》んだはずだ。

――私には宿題がある。

弟の話では、浦戸登は口癖のようにそう言っていたそうだ。弟はそれを、医学の研究であるとおもっていたらしい。

――晩年、兄貴は、宿題もやり終えたから、とよく言っていたよ。なにか永年の研究課題に、結論が出たらしいんだね。外科のことはよく知らんが、技法のことじゃないかとおもうんだよ。論文にはしていないね。後輩にそれを伝えたのだろう。

浦戸宏はそう言っていた。

口癖の宿題とは、医学のことではなく、中林を赦した行為を償うことであったにちがいない。

すでに死んでしまった人のことだから、本人にたしかめることはできない。追跡調査も、いまとなっては至難であろう。

浦戸登の性格、中林を死にいたらしめた薬物を入手、あるいはつくり出せる人物、と詰めて行けば、陶展文は自分の推理の輪廓《りんかく》が、ますます濃くなる自信があった。

年をとってはいても巨漢であった中林に、うまく麻酔薬を嗅がせるのは、素人にはできないことであろう。薬の性質をよく知っている薬剤師か医師にしかできない。勝村八郎は海外にいたことがはっきりしていたために、嫌疑を免れたが、そうでなければもっと調べられたはずである。

中林と浦戸登との関係は、二人だけしか知らない。リンチ殺人のときに呼ばれ、中林の助命を請《こ》うた警察官がいるが、彼がもし健在であったとしても、勝村八郎が中林であることを知らないであろう。

中林某を殺したのは、浦戸登のほかにいない。――エーゲ・マンションから北野町の我が家に帰るまでのあいだに、陶展文の自信は確信に変わった。

その夜、陶展文は浦戸宏に電話をかけた。

――勝村八郎に会ったよ。やっぱり同姓同名の別人だったね。戦争中は陸軍病院の薬局にいたそうだ。……

――そうか。やっぱりそうだったか。もしその人間だったとわかっても、どうすることもできないだろう。……そんな人間には、なにかの形で、罰を加えたいものだが。

――おそらく、そいつはどこかで罰を受けているよ。

――そうかな？　悪いやつがでかい顔している世の中だぞ。

――いや、罰を受けているよ。

陶展文はくり返した。

——いやに自信たっぷりじゃないか。

浦戸宏の声に、疑いの気配があった。

——そうでも思わねば、腹が立つばかりだろう。

——なるほどな。……

——兄上は几帳面だったそうだが、死ぬまえに身辺整理をしただろうね？

——もちろんだ。医者だから、自分の病状から死ぬ時期もほぼ予想できていたはずだ。じっさい、身辺はきれいに片づいていた。

——だが、病院には不必要な書類をずいぶん残したようだね。

——いや、あれも一面からいえば、几帳面だったからだよ。整理というのは、なにも棄てるだけではないんだから。

——でも、棄てなければならないものもあっただろう。……あのいただいた兄上の作品なんかも、なぜ処分しなかったのかな？

——それなんだ。……ぼくもおかしいとおもった。……忘れちまったのかな？　そうとしかおもえないが。

——うっかり忘れたんだろうな。

陶展文はそう答えたが、本心は別の意見であった。

医師浦戸登は、それをかくすべきことではないとおもっていた。かくすべきことでないばかりか、自分の人間性を理解してもらうために、積極的にあきらかにすべきこととおもっていたのであろう。

筋を通す人間であったから、中林某に罰を加えなければ死に切れなかった。おなじように、自分がどんな人間であるか、飾りのないすがたをみせたかったにちがいない。

電話を切って、陶展文は紙封筒のなかから、亡き浦戸登の作品を取りだした。弟の浦戸宏は、兄のこの手の作品は、たくさん残されていたという。

植物学教科書のさし絵といわれるほど、浦戸登は精密なペン画の写生を得意とした。一枚の木の葉を、ほんものとそっくりに写したのである。それは才能というよりは根気の産物であったかもしれない。

陶展文がもらった作品のなかには、水牛のいる風景画が一枚あり、その下に、台湾旅行のとき描く、という書き入れがあった。ほかの数枚は、女性の秘部の細密画だったのである。原寸大であろう。秘毛の一本一本が、ていねいにえがかれ、かすかに浮いた血管、そして黒子《ほくろ》まで見逃されていない。

「私はこんな人間です、毛一本も見おとすことはない、男の欲望もある、なにも神様ではない、わかってくれますか？　なんだかそう話しかけてくるような絵だな。……わかりました。わかりました。あなたの弟さんはわからなくても、私はわかっていますよ」

陶展文はその絵に声をかけた。

神にかわって罰を加えるといった、そんな不遜《ふそん》な気持はない。あくまで人間が、人間の感情によって、罰を加えたのである。思いあがりはない。……

「ふしぎだな。……」

陶展文は呟いた。殺人事件を背景にして、すがすがしさをおぼえるのがふしぎであった。

ドアがひらいて、盆をもった節子がはいってきた。

「あなた、お茶にしましょうね」

「うん。……ありがとう」

陶展文は急いで、浦戸登の作品を紙封筒のなかにつっこみ、ふりかえって妻に笑顔をみせた。

王直の財宝

1

陶展文《とうてんぶん》が旧友の息子ポール・ホー夫婦とともに、五島《ごとう》を訪れたのは二月の半《なか》ばのことであった。

ポール・ホーの中国名は何保竜《ホーパオロン》であり、その妻のアリスはハンガリー系の女性で、二人は三十八歳の同年であるという。そして、アメリカの大学で同級でもあった。

ポールは大航海時代の交易を研究テーマとして、母校で経済史を講じている。アリスは中国学《シノロジー》を専攻し、やはり夫とおなじ大学で教鞭をとっているそうだ。ポールの父の何義冑《かぎちゅう》は、中国安徽《あんき》省の出身で、日本に留学したとき、陶展文とおなじ下宿にいた。

何義冑は、戦時中に渡米し、ビジネスマンとして成功した。いまは引退して、悠々自適の身である。二十年ほど前に商用で来日したことがあり、そのとき、陶展文と旧交をあたため、その後、クリスマス・カードのやりとりがつづいた。去年のクリスマス・カードの余白に、

――息子夫婦が日本に行くから、よろしく頼む。二人とも学者で、目的をもって行くようだが、貴兄がアドバイスできることがあれば、お願いしたい。

と、書きこまれてあった。

（おかしな夫婦だな。……）

はじめて会ったとき、陶展文はそう思ったものである。生っ粋の中国系であるポールよりも、ハンガリー系であるアリスのほうが、中国語が巧みであった。そのことを言うと、アリスは笑って、

「これでも上手になったのよ、この人は。私が教えたので」

と、言った。

中国学でも、アリスは音韻研究からはいって、いまは歴史に関心があるという。彼女の中国語がしっかりしていたのはとうぜんであろう。

「ワイフが歴史に関心をむけたのは、ぼくの影響です」

ポールは負けずに言った。

「つまり、五分五分だね」

陶展文はそう言って笑った。

ポール夫婦は、しばらく東京にいて、そのあと五島へ行きたいと言った。

「王直《おうちょく》のところへ行ってみたいのです」

ポールがそう言ったとき、陶展文は反射的にうなずいて、

「きみのテーマからして、それはとうぜんだろう。私も長いこと行っていないから、いっしょに行こうか。……いや、邪魔になるかな？」

「いえ、お願いします。日本語がわからないので困りますから」

ポールはあわてて言った。

「なんだ、通訳がわりか。……」

「すみません」

ポールは、ほかになにか言いたそうだったが、そこでことばを切った。陶展文には、相手がなにを言いたかったかが、透《す》けるようにわかっていたのである。

（通訳代として応分の謝礼を払いたい）

といったことであろう。

「いま、私も引退《リタイア》して、時間はありあまっている。それに、きみのおやじほどではな

いが、いささかの貯《たくわ》えもある。死ぬまでに費《つか》いきれないかもしれない。……ま、この点だけは、きみのおやじとおなじだろう」

と、陶展文は言った。

「同い年ときいていましたが、うちのおやじにくらべて、十歳は若くみえます。いえ、ほんとうです」

「お世辞がうまいのも、おやじさんに似ているね」

「お世辞じゃありません。ね、そうだろう、アリス？」

「ほんとうですわ」

アリスは助け舟を出した。

ただのお世辞でないことは、陶展文もわかっていた。写真で見た何義冑は年なみに老《ふ》けている。古稀《こき》を迎えた同年の陶展文は、誰もがそんな年とは信じられないと言う。十歳は若いというのは、彼には耳慣れた表現である。ときには五十代前半にしかみえないといわれるが、これはいささかお世辞がはいっているかもしれない。

東南ビル地階の中華料理『桃源亭《とうげんてい》』は、ひとまかせで、陶展文夫婦はほかにも家賃収入などがある。日本人とおなじ税金を払っているが、外国人なので国民年金はもらえない。近ごろ制度が改正されたときくが、七十になった彼には関係のないことである。年金を必要としない定収入があり、ぜいたくさえしなければ、余生を裕々と食いつないで行けるはずであった。

「とにかく、私自身が行きたいんだよ」

問題にケリをつけるように、陶展文は言った。

大航海時代の交易を研究の対象とするなら、王直は魅力ある登場人物で、彼が住んでいた五島へ行きたくなるのはとうぜんである。陶展文自身も、王直になんとなく惹《ひ》かれていたのだ。彼のことばには粉飾はなかった。

大航海時代といえば、その華《はな》はポルトガルのヴァスコ・ダ・ガマがケープタウンをまわって、インド航路を発見したことであろう。それは一四九八年のことであった。大航海時代の第一陣ともいうべきポルトガル人が、日本にすがたをあらわしたのは一五四二、三年のことである。

あまりにも有名なポルトガル人の種子島漂着であり、これによって鉄砲が伝わり、日本の戦争の様相や築城術が変わった。

陶展文は『日本史年表』に、

——ポルトガル船、種子島に来て鉄砲を伝える。

とあるのを読んで、良心的出版社として知られている出版元のI書店に誤りを指摘する手紙を出したことがある。

ポルトガル人が種子島にはじめてやって来たのはたしかだが、漂着したのは百人乗りの中国船であり、そのなかに三人のポルトガル人がいたのだ。日本側の『鉄砲記』、ポルトガル側のアントニオ・ガルワンの記述によってもそのことははっきりしている。

このときの漂着船の船主が王直であった。『鉄砲記』のなかに、大明《たいみん》の儒生《じゅせい》五峰《ごほう》とあるのが、王直にほかならない。王直はすでに五島の深江《ふかえ》（福江《ふくえ》）や平戸《ひらど》に居を構え、「老船主」と呼ばれていたのである。

2

東京から長崎へ飛び、そこで福江行きの飛行機に乗りかえる。すこし待ち時間があり、陶展文とポール夫婦とは、王直談義に時をすごした。

「交易史などをやる前から、私は王直の名を知っていましたよ。子供のころから……父がよく口にしていましたから」

と、ポールは言った。

「おやじさんが？」

陶展文は意外におもった。何義冑は学生時代から商売人っぽいところがあり、歴史にはあまり関心をもっていなかったはずである。

「ええ、おなじ土地の出身ですから」

「ああ、そうか。……」

何義冑は安徽省歙県《きゅう》の出身で、王直はまさに四百年以上まえに、その地に生まれたのである。歙県といえば、誰もが「墨」の産地として知っている。歙硯《きゅうけん》というスズリも有名だ。古来、多くの画人が描いた黄山の南にあり、文化のかおりの高い土地柄なのだ。

文化はゆとりの産物であり、この地方が経済的にもゆたかであったからであろう。新安江という川があり、杭州湾《こうしゅう》にそそぐ富春江の支流である。この地の人は流れに従って、すぐに杭州へ行けた。杭州のさきには寧波《ニンポー》があり、洋上に舟山《しゅうざん》列島がある。

明代、ここに商業資本が発達し、「新安商人」の名は天下に知られた。

——おれは新安商人の末裔だ……。

何義冑がそう言ったのを、陶展文はおぼえている。明は農本主義を建国の基本方針にして、商業を蔑視《べっし》したが、中期になると税制も物納から銭納にかわり、商人勢力がめざましく抬頭《たいとう》した。新安商人がその急先鋒だったのである。宦官《かんがん》と結び、朝廷御用達をつとめ、宮廷内にも新安商人の力が浸透した。

お国自慢で「新安商人」を口にしたが、あるいはそのとき、ついでに王直の名を出したかもしれない。五十年も前のことは、陶展文も記憶が薄れている。

「王直のことが、私の研究範囲にはいったあと、偶然、彼の名を耳にしました。日本から来た女子留学生です。びっくりしましたね、自分は王直の子孫だと名乗るんですから。彼女は東京生まれですが、四代前まで五島にいたと言っていましたよ」

「ご落胤《らくいん》だね」

「王直が五島の女性に子供を生ませたのは、じゅうぶんありうることでしょう」

「とうぜんだな。彼は島の賓客《ひんきゃく》だったから。それにたしか養子もいたよ。王直の懐刀のような若者。名は傲《ごう》といったはずだ」

「明史にその名は出ていますす。ひょっとすると、その子孫かもしれませんね」

さすがにポールはくわしかった。

「忠誠の保証として養子にしたのかもしれない。五島や平戸の大名が、王直に女をあてがうことも考えられる。……」

王直といえば、倭寇《わこう》の頭目、海賊の首魁《しゅかい》というイメージがある。だが、彼の本来のすがたは大貿易商なのだ。老船主といわれるように、日中両国だけではなく、東南アジアにかけても、手びろく貿易をおこなっていた「新安商人」にほかならない。彼が巨利を博したのは、硫黄、生糸、綿糸といった禁制品、統制品を扱ったからである。貿易といっても、これは密輸になるため、明の政府の取締りの網の目をくぐらねばならない。官憲に追われたときは、武力で自衛することもあった。

王直が五島の深江にあらわれ、藩主宇久盛定《うくもりさだ》の優遇を受けたのは天文《てんぶん》九年（一五四〇）のことだった。巨船をひきつれての来島だったので、頼もしくおもわれたのであろう。王直はその翌年に平戸に赴いた。そこでも藩主松浦道可隆信《まつらどうかたかのぶ》に手あつく歓待されている。

貿易による利益が期待できた。とくに五島では財政が苦しかったので、王直を利用しようという気持が強く、邸を与えて住まわせたのである。現在の福江市唐人町がその場所に相当するが、すこし高くなっていて、水を得ることが難しいので、川むかいに中国ふうの六角形の井戸が掘られた。王直とその一党をつなぎとめておくためである。つなぎとめるためには、美女を与えることも、一つの方法であろう。

「日本の女性が生んだ子の子孫と考えたほうが、おもしろいことはおもしろいのですがね。……」

と、ポールは言った。

「そのひとの姓は？」

「大島というんです。……」

「なるほど。……」

長崎空港の待合室で、このようなやりとりをしているうちに、福江行きの便の搭乗案内がアナウンスされた。ポールの妻アリスは、椅子《いす》から立ちあがり、バッグを肩にかけてから、ぽつりと言った。――

「これから宝探しよ」

「宝探し？」

「そう、王直が財宝を、五島にかくしたと、ミス・オオシマは言っているんです。あたしたちはそれをきいて、宝探しをしようとおもっています。わかりそうになったら、ニューヨークのミス・オオシマに電報を打ちます」

ＹＳ機にむかって歩きながら、アリスはそう言った。

3

海賊という肩書をつけて呼ばれるのがふつうだが、新安商人の王直は、むしろ「海商」と呼ぶべきであろう。

当時の貿易は武装商船でおこなわれた。種子島に漂着した王直の船に、三人のポルトガル人が鉄砲を持って乗っていたが、これは戦闘要員であったにちがいない。ポルトガル側の記録では、シャム（タイ）のドドラ港で、三人のポルトガル人が脱走して、中国のジャンクに乗った、とある。その名前も、日本側の『鉄砲記』とほぼ一致する。ポルトガルの文献に、脱走者の一人の名をダ・モタとしているが、『鉄砲記』に「佗孟太」とあるのがそれにあたるだろう。

倭寇の横行に手を焼いた明では、朱紈《しゅがん》という剛直な人物を登用して、海禁策を厳重に実行させることにした。王直はスケールの大きな商売人で、信用取引が多かった。日本で購入した硫黄《いおう》、日本刀、工芸品などを明にはこんで行き、その決済はつぎの航海でよいということにしたようだ。日本での購入代金も、すぐに払うのではなかった。ところが、朱紈の海禁厳重策は、明の商人の口実になった。

――海禁がきびしいので、しばらく決済できない。

なかには海禁をよいことにして、「買ったおぼえはない」などとうそぶく者もあらわれた。これには王直一党の者たちも頭にきたであろう。日本での仕入れ先は支払いをそれほどのばしてくれない。

――その気なら、こちらも黙ってひきさがらないぞ。……

王直一党が、中国の沿岸で略奪をはたらいたのは、これからであるという。海商、変じて海賊となったのである。王直一党といっても、彼の配下は中国人だけではない。このころは、むしろ日本人のほうが多かった。だから、明は王直を、

――倭寇の頭目

と、みなしたのである。倭寇とは日本の海賊を意味する。『明史』にも、王直の配下に、辛五郎《しんごろう》という名を載せ、大隈洲君の弟としている。また陳東という中国人名らしいのに、これを薩摩国主の弟と記している。ほかにも、門多郎あるいは次郎四郎という幹部の名がみえるが、日本人であったにちがいない。

それまでは、襲われたときに防いだのだが、こんどは積極的に沿岸を攻め、金品を奪ったから、明からみれば叛徒となった。王直も五島に戻って、

――徽王《きおう》

と称した。彼の出身地で、新安江岸にある歙県は徽州に属している。その州名をとって、王と自称したのだ。

毒くらわば皿まで、である。王直が五島にあつめた人数は二千といわれている。五島を後方基地、舟山列島を前線基地として、彼の指揮する倭寇団は沿海だけではなく、

長江に深くはいり、蘇州《そしゅう》や無錫《むしゃく》まで劫掠《ごうりゃく》した。まるで、手がつけられなかった。

この時期に、倭寇として暴れたのは、なにも王直グループだけではない。王直配下と称して、じつは関係のない暴力団であったケースもあろう。

当時の記録は、「にせ倭寇」が多かったと伝えている。ほんとうの日本人（または王直のように日本から出動する勢力）海賊は、十のうち二か三であった。にせもののほうが多かったのだ。

明国の浙江《せっこう》方面の総督は胡宗憲《こそうけん》という人物であった。

――権術多く、功名を喜ぶ。

と、史書が評しているように、彼は権謀術数に長じていた。策士であったのだ。武力をもっては、倭寇を平定することが至難であると判断し、得意の策略を用いることにしたのである。胡宗憲はまず王直配下の幹部たちを分断し、おたがいに相手を疑うようにしむけた。

胡宗憲は策謀の天才である。王直麾下《きか》の大幹部徐海《じょかい》をたぶらかし、ほかの幹部を捕えてくれば世襲できる官爵《かんしゃく》を授けると約束した。徐海は同僚であった麻葉《まよう》をつかまえて、胡宗憲につき出したのである。胡宗憲はその麻葉の縛《いまし》めを解き、陳東に手紙を書かせた。いっしょに徐海をやっつけようという内容である。そしてその手紙をわざと徐海にわからせるようにした。怒った徐海は陳東をつかまえて、胡宗憲に献じたのである。こんなふうに、相手を分断し、けっきょく徐海は投身自殺、陳東、麻葉、辛五郎はつかまり、徐海の首級《しるし》とともに北京《ペキン》へ送られた。

手足をもぎとってから、胡宗憲は王直に帰順工作をおこなった。これまでのいきさつがあるのに、よくも王直が帰順に応じたものである。だが、胡宗憲は切り札をもっていた。彼は王直とおなじ徽州人である。王直は歙県だが、胡宗憲はその東北約三十キロの績渓《せきけい》の出身であった。王直は故郷に母と妻をのこしていた。胡宗憲はまた手紙戦術を用いたのである。母と妻に、帰順勧告の手紙を書かせ、蔣洲《しょうしゅう》という者に五島まで届けさせた。

王直が帰順する気になったのは、母と妻の手紙に動かされたからだけではなかった。胡宗憲の腹心である夏正《かせい》を人質として、養子の王滶《おうごう》のところに取ってあった。胡宗憲と夏正との密接な関係を知る王直は、

――これなら大丈夫。

と、見きわめをつけて帰順したのである。『明史』によれば、胡宗憲はほんとうに王直を助命する意志があったのに、巡按御史《じゅんあんぎょし》の王本固《おうほんこ》が投獄してしまったという。胡宗憲は北京にむかって、

――王直を赦《ゆる》して海上を戍《まも》らせ、夷心《いしん》（日本人の心）をつなぎとめるのが上策。と、進言している。王本固はこれに反対し、胡宗憲が王直や倭寇から賄賂をもらっているのではないか、と疑い、調査に乗り出した。

――これは危ない。

胡宗憲は保身を第一に考え、王直を死刑にすることにした。

それを知った王激が、人質の夏正を支解《しかい》（体をばらばらにする殺し方）し、海上は再び不穏になったのである。

王直はだまされるという結果になった。

4

「養子の王激や幹部の謝和《しゃわ》といった連中は激怒し、舟山でひと暴れしましたが、やけくその戦いはいけませんね。作戦というのは、あくまで冷静でなければうまく行きません。適当にかわされ、疲れたところを叩かれて、力を失ったようです。一時はほかの系列の倭寇も糾合《きゅうごう》して、大いに意気があがったといいますが。……」

ポールは学者らしく、慎重な口調で説明した。場所は、福江市の「明人堂」のまえである。なんの変哲もない、小さなお堂にすぎない。だが、かつてはこのあたりに、おおぜい住んだ明国人の信仰の中心で、航海の神である天后《てんこう》でも祀《まつ》っていたのであろう。もっときらびやかな、屋根のそりあがった、中国ふうの建物だったにちがいない。

「兪大猷《ゆたいゆう》や戚継光《せきけいこう》が、やがて戦果をあげるんだったね」

陶展文の歴史知識は、確実な年代をおぼえるまでにはいたっていない。

「王直が杭州で斬られたのは一五五九年のことです。兪・戚の両将が、福建《ふっけん》で倭寇に決定的な打撃を与えたのは、その四年後の一五六三年のことでした。倭寇はそれ以後、下火になり、大規模なものはなくなったのです」

ポールの頭のなかには、年代がちゃんとおさまっていた。

「それはよいとして、きみの言う王直の財宝というのは手がかりでもあるのかね?」

陶展文が話題をかえると、ポールは妻のアリスと顔を見あわせた。

「ないことはありません」

答えたのはアリスだった。

「たいへんな額だろうね?」

「具体的にはわかりませんが、たいしたものであるはずです。……帰順のときは、ほとんど財宝らしいものは持って行かなかったでしょう。その財宝を狙われるおそれもありますし、五島にのこした財宝をちらつかせて、自分の立場を有利にすることを考えたはずです」

ポールは、ときどき妻の顔に目を走らせながら、そう説明した。

「くどいようだが、手がかりとは？」

陶展文は話を戻した。

「陶叔父《アンクル・タオ》さんは推理力の鋭い人だと父からきいています。ひとつアドバイスしていただきたいのですが。……」

「できるだけのお手伝いはしたいがね。年をとると、頭はあまり冴《さ》えないので、ご期待にそえるかどうか心もとないよ」

「手がかりの一首の詩です」と、アリスは言った。――「ミス・オオシマは、家の古い文書を整理するときに、それをみつけたと言っていました。……」

案内役を買って出た運転手は、橋を渡って六角井戸にむかった。その橋は潁川橋《えいせんばし》という。潁川といえば、河南省の川で黄河にそそぐ。陳、鍾、頼、于といった姓は、みな潁川の出身で、いまでも墓にこの地名を刻む。

六角井戸は六枚の石板で囲まれている。これなら、六人の人がいちどに水汲みの作業ができる。そばの祠《ほこら》は日本ふうのものだが、かつては中国ふうの井戸の神が祀られていたのであろう。

アリスは井戸の前でショルダーバッグをさぐり、一枚の紙をとり出して、陶展文に渡した。

「ほう。……」

陶展文は、胸のポケットから老眼鏡をとり出して、その紙に書かれている文字を見た。

孤拳笑入浙江宮
直仰無辞流血叢
刃下履氷存一髪
石田城壁半雲中

「孤拳《こけん》、笑って入る浙江の宮。……孤拳とは空拳とおなじだね。武器を帯びずに、浙江の胡宗憲のいるところへ、おそれもせずに笑いながら行こう、という意味ですな」

陶展文は読みながらうなずいた。

「そう推測してもよいでしょう。けれども、ミス・オオシマの話では、この詩を書いた紙は厳重に封がしてあって、これも古びた別紙に、王直の末裔はこれによって福を得よ、という意味の文章が書かれてあったそうです」

　アリスはそう説明した。

　陶展文はまた軽くうなずいて、その詩を読みつづけた。――

「直《ただ》ちに仰ぎ、何ぞ辞さん流血の叢《くさむら》。……これから殺されるかもしれないが、そんなことで尻ごみしないということですな。流血の叢があろうと、うしろを見せない。……ほう、叢というのは地面にあるのに、直ちに仰ぐというのはおかしいね。下を見ないで、上を見ている。……」

「死をおそれない形容でしょう。昂然と頭をあげて……」

　と、アリスは反論するように言った。

「頭をあげ、胸を張ってですか」陶展文は笑顔で言った。――「刃下履冰というのは、きわめて危険なことだな。白刃の下で、薄氷《はくひょう》を履《ふ》むことだから。……前の句の流血の叢と重複するかな？　……ま、いいや、一髪を存す……危機一髪の一髪で、危機一髪といえば、たいてい助かるんだがね」

「存す、とありますから、王直は助かるつもりだったんでしょう」

　こんどはポールが口をはさんだ。

「そして、最後が石田城壁は半ば雲の中、か」

「ちょっと感傷的になっています。帰順のために、五島をはなれるときの作のようですね」

「まだ舟がそれほど陸から離れていないかんじだね」

「そうです。……これから石田城の跡でも見に行きますか」

「あまり遠くないね」

陶展文は運転手からもらった、かんたんなパンフレットの地図を見て言った。

五島藩主の居城であった石田城は、いま五島高校の校舎になっている。車で表を通っただけで、一行はそのあと、鬼岳《おんだけ》へ行くことにした。

5

鬼岳から福江市が俯瞰《ふかん》できる。鬼岳、城岳、火岳、箕《み》岳、臼《うす》岳の五つの火山からなる臼《きゅう》状《じょう》火山群である。

鬼岳は芝生に覆《おお》われて、樹木らしいものはない。土地の人はここで凧《たこ》あげをたのしむという。

「こんなところには財宝はかくせないね。見通しがよすぎて」

陶展文がそう言うと、ポールは首をかしげて、

「ひょっとすると、その裏をかいて……あの詩の流血の叢というのが気にかかりますね。このあたりはくさむらですし。……それにあの詩は鬼気迫るものがありますから」

と、呟《つぶや》くように言った。

「鬼気迫るから鬼岳か。……ちょっと強引すぎるね」

鬼岳からおりて富江にむかい、玉之浦《たまのうら》の燈台まで行った。数日滞在の予定なので、最初の日はそれだけにして、福江島の北部は翌日にのこすことにした。

島北の魚津ケ崎公園には「遣唐使船寄泊の碑」が立っている。大宰府《だざいふ》のあたりから出発した遣唐使船は、往還ともにこのあたりに寄ったという。

「王直がこのあたりから、浙江の胡宗憲のところへむかった可能性はあるかな？」

碑のそばで、陶展文は腕組みをした。

「おそらくないでしょう」交易史の専門家のポールは答えた。――「王直の邸は福江市にあるんですから。唐人町、明人堂、六角井戸、みんなあそこです。やはり自分の基地から出発したでしょう。……それにしても、あの詩のなかに、なにか手がかりは

思いつかれませんでしたか？」

「そろそろね。……」

陶展文は上機嫌だった。

財宝のありかは、詩のなかに示されているという。王直は子孫のために、財宝のかくし場所を、詩のなかにかくした。ミス・オオシマは、古文書からそれを知ったのである。

「そろそろ？」ポールは肩をすくめて、「私にはまるで見当もつきません」

「氷《こおり》を履《ふ》む……」アリスは詩の一節を口にして、あたりを見まわした。――「どこかアイスにちなんだ地名でもあるのかしら？」

ことしの冬は寒く、五島でも雪が降った。山かげには、まだところどころに雪が残っている。

「昨日からずっと地図を見ているが、魚とか貝というのはあるが、氷にちなんだ地名など見あたらないね」

と、陶展文は言った。

「アンクルは手がかりをつかんだのね？」

アリスは小手をかざして、雪の残ったところに目をむけて言った。

「そろそろ、手がかりをつかめるころだ。というだけでね。……そうだ、せっかくこんなところに来たのだから、明日、漁船をチャーターして、海に出てみないか?」

思い出したように陶展文は言った。

「海に?」ポールはアリスと顔を見合わせてから、「釣ですか?」と訊《き》いた。

「いや、海にうかんでみたいだけだよ」

「そうですね。私たちも賛成です。……すみませんが、船の手配をしていただけないでしょうか?」

「ホテルに頼めばよかろう。……ところで、例の宝さがしの件だが、宝はべつに穴を掘ってかくすだけではないよね。厳重に梱包して、海中に埋めておくという方法もあるよ。海も見ておかねば」

「ほう。……なるほど、海ねぇ。……そうですね、このごろ、水中考古学というのもありますね。地下から出土するものだけではなく、水中から引きあげたものも研究の対象になるそうですから。……」

「ふと韓国の新安《しんあん》沖の沈没船から、莫大な中国陶磁器が引きあげられたことを思い出してね。水中に沈んだ宝もあるんだから、沈めるのも、かくす一つの方法だろう」

「まったくそのとおりです」

ポールの声はいささかエキサイトしていた。

「コロンブスの卵ほどではないがね。……ここに来れば、誰だって、海はいいなぁとおもうよ。いいなぁ、とおもうところに、大切なものをかくしたいのは人情じゃないか」

「じゃ、叔父《おじ》さんは、王直の財宝はきっと海底にあると信じていらっしゃるの？　一つの可能性でしょうが。……」

アリスは、なんだか心細そうな表情で言った。

「可能性じゃない。私はね、信じているんだ。はっきりとね」

陶展文は、碑に手をふれながら、あまり抑揚のない声で言った。さりげない口調だが、自信のほどがうかがわれた。そのことばには、毅然《きぜん》とした文脈があり、ポール夫婦は意外に思ったようである。二人ともすぐにはことばが出なかった。

「は、は、王直の財宝は、もう我が手にあり、だよな。……」

陶展文は肩を揺すった。

6

五島に観光客、海水浴客、釣客が訪れるのは夏が多い。二月といえばシーズン・オフであり、船を借りるのは、きわめてかんたんであった。

乗客三人にしてはぜいたくな船で、彼らは北に針路をとった。観光コースとして、福江港の北へ三、四キロほど行くと「海中公園」がある。

小島の多いところで、海水の透明度が高く、グラスボートで海中の美しさを堪能できる。だが、その船はグラスボートではない。また三人は釣をたのしむのでもなかった。三人のうち二人――ポール夫婦――は、「財宝のありかはわかった」と断言する陶展文のようすを、ひそかにうかがっていたようである。文字どおり、一挙手一投足に注意をむけていたといってよい。

「地図をみても、北は上で南は下だね。あの詩に直ちに仰ぐ、とあるのは、北にむかうことと考えてよかろう」

と、陶展文は言った。

かもめの群が、波をかすめて飛んで行く。

「海だと確信なさったのは？」

　ポールはもどかしげに訊いた。

「あの詩は、王直が帰順工作に応じて、浙江にむけて福江を出る場面のようだね。石田城の城壁が、半雲につつまれて行く、というのは船に乗ってうたったようにおもえる。もしこの詩が、財宝のありかを示すとすれば、これはもう海しかない」

　陶展文は飛び去るかもめに目をむけた。

「海といってもひろいですよ。つかみどころがありません」

　ポールが反論するように言った。

「つかみどころがないことはない。ほら、ごらん、海にはいくつも島があるじゃないか」

「島？」

「そう、島だ。……ホテルでくわしい地図を借りて調べたが、あれはなんという島か知っていますかな？」

　陶展文はスピードをおとした船が、いま通りすぎようとする島を指さした。

「屋根尾島《やねおじま》……」

「それはむこうの大きな島。……それよりもずっと小さく、細長い。……地図には庖《ほう》丁島《ちょうじま》と書いてありますよ。たしかに刃物のように長い。庖丁島……詩のなかにある刃は、これを意味するのじゃないかな。……刃の下、もちろん下は南ですよ」

「じゃ、あの島の南……それでも漠然としていますね」

「埋立てなどで地形が変化しているかもしれないが、福江のすこし北が海にすこし突き出ているのは、自然の地形だろうね。城壁が半ば雲の中というのは、あの小さな岬に石田城の城壁が半ばかくれて見える地点……頭のなかで、むかしの地形を復原しなければならないが、ここよりも、すこし西寄りだろう」

「それにしても、城壁が半ば見える海面は、数百メートルほどになるんじゃありませんか。やはりつかみどころがありませんよ」

「ま、二百メートルとしよう。そのあいだの一点をつかまえると解決ということになるわけだ」

「その一点をきめることができますか？」

「できるね。あの庖丁島の南端から五百メートル南……その線を西に寄せて、城壁が半ば見える線に結ぶ。まじわったところが点さ。もちろん、それはぴたりと的中することはない。ただ、ほぼ見当をつけることはできる。そのあたりの海底を、ちょっとした範囲でさがせばよい」

「どうして、庖丁島の南五百メートルの線が固定できたのですか?」

アリスがせきこむように訊いた。

「氷というのは凍結するものだから、固定できるわけだよ。氷を履む。この履《り》という字は、いまもむかしも距離をあらわす里と、まったくおなじ発音だ。アリスさんは、中国の音韻をやったから、わかっておられるだろう。韻でいえば紙韻《し》、現代ふうにいえばLiの第三声。……一髪の一がここで生きてくる。刃下履冰存一髪の句は、言いかえると、庖丁島の南、かっきり一里のところ、とするのはどうだろう」

「すばらしいわ!」

アリスが甲高《かんだか》い声をあげて、手を拍《う》った。いつもは学者らしく、冷静な彼女だが、陶展文の謎解きに、興奮して、おもわずそうしたらしい。

「どれだけの財宝が、その海底に沈められているかしれないが、ま、潜水夫でも雇って、大々的に引き揚げ作業にとりかかりましょうか?」

陶展文はまぶしそうに目を細めて、ポール夫婦を見た。

ポールとアリスは、また目を合わせた。無言のうちに、この夫婦は目でやりとりできるようだった。

「ともあれ測量が先決だね。中国の一里はいま五百メートルだが、明代の里はもうすこし長かったはずだ。……たしか五百六十メートルほどだったかな。尺は反対に、明代の尺のほうが僅かに短かったようにおもう。こんなところが面倒だよ。……」

陶展文は上機嫌で、そしていささか饒舌《じょうぜつ》であった。その陶展文と目が合ったとき、ポールとアリスは、申し合わせたように、首をかすかに横に振った。

7

「ミス・オオシマは、なにを専攻している学生かね？」

陶展文はとつぜん話題を変えた。

「英文学です」

と、アリスは答えた。

「年は？」

「二十五くらいかしら。日本の大学を出て、二年ほどですから」

「あの詩は、ほんとうに彼女から見せてもらったの？」

陶展文の声はやさしくなった。

「いいえ」消えいるような声で、アリスは答えた。――「彼女からは、五島のことを、いろいろきいただけです。王直のことは……彼女はあまり知っていませんでした。私たちが教えたほどです。彼女が王直の末裔など、私たちのつくりごとでした」

「では、あの詩はきみたちが作ったんだね？」

「はい。……」

アリスは答えたが、ポールは声が出ないようだった。

「私は叱っているんじゃない。なぜきみたちが、そんなつくりごとをしたか、その理由が知りたいだけだ。……ほんとうは、たのしませてもらって、お礼を言いたいんだよ。いや、これは嘘じゃない。私は好奇心の強い人間でね。……だから、理由をきかせてほしい」

「小説です。ミステリーです。私たち夫婦とも、ミステリー・ファンで、ミス・オオシマと知り合ったのも、ミステリー・ファンの会合のときでした。私たちは夫婦合作で……ミス・オオシマも入れていいのですが、ミステリーを書きたかったのです」

アリスは説明した。すこし息切れ気味であったが、さきほどよりはおち着いていた。

「ああ、小説の筋か。……きみたちが考えたんだね？」

「そうです」妻のあとをひきつぐようにして、ポールが答えた。――「歴史ロマンを背景にして、現代の宝さがしをからませたミステリーの筋を、いまけんめいに考えているのです」

「それは英語で書くの？」

「そのつもりですが、謎解きの手がかりの詩を、英語でどう表現するか、それに頭をいためています」

「難しいだろうな、これは。……だけど、難しいからこそ、やり甲斐があるんじゃないかな。挑戦したまえ」

「考えに考え抜いたつもりですが、叔父さんに、かんたんに解かれてしまって、私はがっかりしています。これじゃ……」

ポールがそこまで言うと、アリスがそれをさえぎるようにして、

「私はがっかりしていないわ。叔父さんは特別な人よ。どんな謎をもってきても、叔父さんは解いてしまいます。……叔父さんに解かれたからって、いちいち失望していては、なにもできないわ」

「たいへんなほめられ方だな。……だが、おもしろいテーマだよ。きみたちは、ここへ小説の取材のために来たんだろう？」

「ええ、ほとんどそのためです」ポールは正直に答えた。――「交易史の調査も、ついでにするつもりでした。……」

「ついでに、か。は、は、は……」

陶展文は両手を腹のうえにのせ、気持よさそうに笑った。

「叔父さんをテストしようとおもったところもあります、白状しますが」

と、アリスは言った。

「参ったな。テストされていたとは」

「くわしいプロットをきいてくださいますか？」

「ぜひききたい。さっきも言ったように、私は自分でも困ってしまうほど、好奇心が強い人間なんだ。きみたちの小説の筋書、ききたくて仕方がない」

「じゃ、きいてください。そして批判と助言をお願いします」

「できれば、ね」

「あの詩の謎を解いたのはわかりますが、どうして話がぜんぶつくりごとだとわかったのですか？」

これはポールの質問だった。

「は、は、は……あの詩の最後の句に、石田城の城壁のことが出ていたね。そのあたりのかんたんなパンフレットにも出ているが、石田城は、全国で最も新しい城、というのがセールス・ポイントなんだよ。幕末、黒船が出没するようになって、幕府はやっと五島藩に築城を許し、五島藩は幕府から築城費二千両借りて工事をはじめたんだ。ほぼ完成したのは文久三年、西暦一八六三年。築城後、五年で明治維新……三百年前の王直が石田城壁などと言うはずないじゃないか」

「ああ、そうでしたか。……」

「福江だって、当時は深江といっていたんだよ」

「せっかくの謎解きの詩なのに残念です」

「石田城壁のところを、深江湾岸と変えたらどうかね。平仄《ひょうそく》も合っているし、のちの城壁のところはどうせ湾岸だったろうから」

「ああ、そうですか、それで助かりました」

ポールはメモを取り出して、そこに書き入れた。

陶展文は福江のほうをふりかえり、コートの襟《えり》を立てた。

「王直は学問があり、任侠心に富んでいたというが、人間の知略では届かないところがあるんだな、人生には。……」

陶展文は、王直の最後の船出を偲《しの》んでいるかのようだった。

「私たちにたいする教訓ですか?」

アリスは訊いた。

「いや」陶展文は首を振って、「一般的な感想だよ。……感傷といったほうがよいかもしれない」

庖丁島のほうから、かもめの一群が飛んできた。

「子供じみたこととお思いでしょう？」

こんどはポールが訊いた。

「そんなことはない。こうして船に乗って、あのときの王直の気持をなぞってみると、彼はやはり五島に財宝を残したにちがいないとおもうよ。……きみたちは、おもしろいところに目をつけたね。ほんとうの財宝さがしなら、すこしなまぐさいが、小説のなかでの財宝さがしだから、すがすがしいよ。人間、いつまでたっても、子供じみたところがあったほうがいいとおもうね。……」

横波が打ちよせて、船がすこし傾いた。陶展文は手すりにつかまって、にっこり笑った。

特別収録

幻の百花双瞳《ひゃっかそうどう》

取調べの部屋はむし暑く、刑事たちはしきりに扇子をつかっていたが、私は膝《ひざ》がふるえてならなかった。

「名前は？」と、主任の警部がきいた。

「丁祥道《ていしょうどう》です」

「生まれは中国の広州市《こうしゅう》だな。……いつ日本にきたのかね？」

「十四のとき。一九三五年です」

私はかすれた声で答えた。

1

広州を離れた日のことを、私はいまでもはっきりと思い出す。

出帆までにすこし時間があったので、叔父《おじ》は私を連れて、埠頭《ふとう》前の大新公司《だいしんコンス》という百貨店の屋上にのぼった。朝日にきらめく、ちりめんの皺《しわ》のようなさざ波のなかに、小さな島がつつまれていた。海珠石《かいしゅせき》と呼ばれる島である。緑のゆたかな沙面《さめん》の租界《そかい》が、西のほうにみえた。——これが見納めだろう、と私は思った。

小学校を出ると同時に、香園菜館《こうえんさいかん》という料理店に奉公してまる二年になる。走卓《ボーイ》を一年つとめて厨房《ちゅうぼう》にはいり、野菜の刻みに明け暮れ、やっと肉を切る手伝いをはじめたばかりであった。

ある日、店主の楊《よう》老人が、庖丁《ほうちょう》で自分の人差指を切ってしまった。その指さきをみつめて、「どうやら潮時がきたらしい」と、彼は呟《つぶや》いた。料理は理論ではなく、実地についてコツを体得するものである。頭脳ではなく、なま身のからだにおさまった技術なのだ。肉体の衰えは、すなわち技倆《ぎりょう》の低下を意味した。

かつて名コックと謳《うた》われた人たちが、年をとってむざんな料理をつくるのをみて、楊老人はつねづね言っていた。——

「わしはあんな恥をさらしたくない。コックはひけどきを知らにゃいかんて」

黄色い砧板《まないた》のうえに数滴の血がしたたりおち、その赤さが老人の眼《め》にしみ、潮時がきたことを訴えたのである。幸い彼は産を成していた。香園菜館は店じまいをするときまった。

「祥道、ひとつ日本へ行ってみないか？　おまえは両親がいないから身が軽いじゃろ。日本の神戸《こうべ》ちゅう町にわしの甥《おい》がいて、若い子が一人要ると言っとるらしい」

と、楊老人は言った。

「若いといっても、祥道は若すぎますよ」

そばから、一番助手の梁《りょう》が言った。十四の私が遠い日本まで行くのは、いくらなんでも可哀《かわい》そうだと同情したのであろう。

「十四ぐらいがちょうどいい。もすこし年がゆくと面倒じゃ。相手は朝堅《ちょうけん》だからな」

「それもそうですな」

梁は腕組みをして、私をかえりみた。彼の眼に憐愍《れんびん》の色がうかんでいるのを私はみた。

「朝堅は知ってのとおりの性格じゃ。十七、八なら、もう大人《おとな》だから火花を散らしてしまう。祥道ならなんとかつとまる。おとなしい子じゃからね」

と、楊老人は弁解がましく言った。

私はおぼろげながら、自分の前途に待ちうけている運命の輪郭がつかめた。どうやらそれは、なまやさしいものではなさそうなのだ。

日本の神戸にいる楊朝堅は、料理店ではなく、永建《えいけん》公司という華僑《かきょう》商社のコックをしているということだった。

百貨店の屋上からおりて埠頭へ行く途中、叔父は風にとばされそうになるパナマ帽を、両手で無器用におさえながら言った。——

「とにかく、腕を磨くんだ。一つのことにかじりつけば食いはぐれはない。わしがいい見本だよ。なんにも身につけなんだから、このとおり苦労ばかりしておる」

私はこくりとうなずいた。

見本は香園菜館にもあった。皿洗いをしている好人物の老人である。店主とむかし同僚だったらしいが、身をいれて仕事に励まなかったので、六十の半ばをすぎても、皿洗いしかできない。

（あんなふうにはなりたくない）

と、私は自分に言いきかせた。

一芸に秀でる。——将来、人間らしい生活をするには、それしか道はない。叔父の忠告は、私にとっては蛇足にすぎなかった。

埠頭では、日本へ海産物の仕入れに行く商人が待っていた。その人が私を神戸の永建公司まで送り届けることになっていたのである。

出帆を告げる銅鑼《どら》や汽笛の音にも、私は感傷をおぼえなかった。私があとにした広州では、日本人が広東《カントン》ざくらと名づけた紫荊《しけい》の花が満開であった。その花は桜をすこしあぶらぎらせたような趣である。だが私は、その色をすぐに忘れてしまった。

神戸の永建公司は海岸通《かいがんどおり》三丁目にあった。

赤煉瓦《あかれんが》の建物で、一階は倉庫、二階は店、三階は住居になっている。二階の店は、表と裏に二分される。通りに面した表がわは事務所、裏のほうが厨房なのだ。ちょうどその中央に食堂があって、テーブルが二つ据えられていた。

永建公司はおもに繊維・雑貨を扱う貿易商だが、どんな商売でも、その目的は人間の生活を維持するにある。生活を端的に象徴するのは、「食べること」であろう。儲《もう》けて食べる。――この理論に従って、店を事務所と厨房にわけ、両者を同列に置いた。ふるい華僑商社は、たいていこの様式を守っている。

オフィスとキチンが同列だから、「掌櫃《ジャングィ》」（番頭）と「厨師傅《ツーシーフ》」（料理長）は同格だ。

香園菜館の楊老人の甥楊朝堅は、三十をすぎたばかりだが、永建公司での地位は、五十男の二番番頭よりは形式的には上である。その二番番頭の曾初現《そうしょげん》が、私を連れて厨房へ行って紹介した。――

「こちらが楊朝堅さん。今日からおまえの師匠だよ」

楊朝堅は大きな眼が吊《つ》りあがって、血走っているかんじだった。そのうえのふとい眉《まゆ》が、たえずぴくぴくうごく。

「楊さん、まえの張《ちょう》君とちがって、この丁君は遠方から来たんだから、すこしは手加減してほしいね」と、曾初現は言った。

「ふン」楊朝堅は鼻さきで笑って、「一人前のコックになるにゃ、神戸の子だって広州から来た子だって、修業はおんなじさ」

「だけど、見習コックがしょっちゅう代っちゃ、店としても工合がわるいよ」

「逃げだすやつがわるいんだ」

「ま、そうだけど、同業者のきこえもあるからね。つとめ人がなが続きしないと、世間ではとかくあれこれと言うものだよ」

曾初現は精一杯の抵抗をしているらしいが、それもはじめから及び腰のようだった。

「とにかくよろしく頼んだよ、楊さん」

と言い残して、そそくさと厨房を出た。

料理長楊朝堅は、薄笑いをうかべてそのうしろ姿を見送った。それからやおらむき直り、しばらく私の顔をみつめた。

「口もとに力がこもっておる。うン、これはきたえ甲斐《がい》がありそうだな」

私はたじろいだ。自分のなかにある生命力が、ふいに抜き取られたように思った。彫刻師ににらまれている材木になった気がしたのである。師匠の楊朝堅は、舌なめずりしながら、その材木にノミをうちこもうとしている。私は生命のない素材として、そこにころがされているようだった。

（このまま、丸太ん棒になってしまったほうが、あるいはらくかもしれない）

生活の知恵というのであろうか。あとで考えてみると、私は自分の生き方を、そのとき、とっさにつかんだのである。

2

それからというもの、罵詈雑言《ばりぞうごん》と鉄拳《てっけん》の下で、気を休めるひまのない日々がつづいた。丸太ん棒になる覚悟をきめていなければ、私も前任者のように途中で逃げ出したであろう。

「なんだ、その手つきは！　香園の耄碌《もうろく》じじいが、そんな切り方を教えたのか？」

私が正規に仕込まれた唯一の技術である野菜切りにも、師匠は容赦なく罵声を浴びせた。

じっさいには私は、そばに立って師匠のやり方をじっと見ていることのほうが多かった。からだこそうごかさないが、全神経を集中して見学しなければならない。それにはかなりのエネルギーが消耗される。調理の一過程の見学がすむと、くたくたに疲れてしまった。そのうえ、煮たり焼いたりしている途中で、師匠はいきなり私を蹴《け》とばしたり、片手が使えるときは平手打ちを見舞ったりする。

「なにをぼやぼやしとるか！」

手伝うことも許されていない弟子を、そんなふうに叱《しか》るのは理不尽だが、厨房の修業はからだでおぼえるという意味では、やはりあるていどの効果があったのかもしれない。

やがて私は、一種のリズムを会得した。師匠が私を蹴るときは、そこにかすかな小休止があることがわかった。拳《こぶし》をかためてふりあげるのは、からだのその部分に力があまっているときなのだ。庖丁を使うとき、師匠は芝居のせりふを唸《うな》る。刃物を自在に操ろうとするには、そのていどの緊張緩和が必要であることもおぼえた。

事務所には、大番頭以下十六人も店員がいたが、厨房には料理長を含めて五人しかいない。しかもそのうちの二人は見習コックではない。華僑商社のしきたりによって、厨房に臨時に配属されているのにすぎない。その二人は、どちらも私よりすこし年上だった。新入店員は、かならず、まず厨房で数か月間修業することになっている。いずれは厨房を去って、表のオフィスにはいる二人の少年を、師匠は頭から無視した。皿洗い、鍋磨《なべみが》き、掃除などに追い使うだけである。厨房のじっさいの構成員は、師匠と私と女中の春子の三人であった。

永建公司の三階には部屋が六つある。そのうち、奥の十畳の部屋には、独身の店員が七人寝泊りしている。もちろん、私もそのなかの一人だった。主人の范欽誠《はんきんせい》は、二人の娘を嫁がせ、一人息子は東京の私立大学の予科にいれていた。だから、三階の残りの室を、夫婦だけで占領している。師匠も独身だが、近所に家を借りて、通勤していた。だが、彼の帰りはおそい。毎晩、十時半に主人夫婦は夜食の「点心」をたべるので、それをつくらねばならないからだ。

師匠のつくった点心を、店主夫婦の居間にはこぶのは、私の役目であった。十一時すぎにベルが鳴れば、皿をさげに行く。そのときに私は、店主の范欽誠がなんどかおなじことを言うのをきいた。――

「百花双瞳《ひゃっかそうどう》という点心を食べてみたい。あれにくらべると、こんなものは子どもだましだ」

師匠の耳にいれると、一と荒れするだろう。翌朝、彼に会っても、私はもちろんそんなことは言わない。

店員がそろって食堂で食事をするのは、昼食と夕食だけである。店主夫婦と住込み独身店員のための朝食は、きまって粥《かゆ》であった。その準備は、女中と私、二人で間に合った。

師匠は毎朝九時ごろに店にあらわれ、私を連れ出して南京《ナンキン》町で生鮮食料品を仕入れたあと、内《うち》海岸の海産物問屋に寄って乾物類を買いこむ。私は両手に大きな竹編みの籠《かご》をぶらさげ、師匠のあとについてまわった。

店内ではほとんど広東語を使っていたが、私は毎朝のこの仕入れと、厨房での女中とのやりとりで、しだいに日本語をおぼえた。

仕入れから戻ると、すぐに昼食の支度をする。毎月二日と十六日は、ふだんよりも皿数を多くする。これも華僑商社共通のしきたりなのだ。夕食の用意は三時すぎからはじまる。昼食のあと片づけが終るのが一時ごろだから、そのあと二時間ほど息抜きの時間があった。

私はその二時間だけはゆっくりできた。師匠はどこかへ出かけてしまうし、事務所ではもう仕事がはじまっている。夜になればすし詰めになる三階の十畳の部屋を、そのときばかりは一人で占領して手足を伸ばすことができた。

午後、きまって厨房からすがたを消す師匠の行き先は、女中が教えてくれた。どこの店のコックもその時間はひまだから、溜《たま》り場《ば》にあつまってバクチにふけるらしい。ある日、師匠はバクチに勝ったのか、めずらしく上機嫌だったので、私は店主のことばを思い出して、さりげなくきいてみた——。

「百花双瞳というのはなんでしょうか？」

師匠の顔はみるみる曇った。

「おやじにきいたんだな？」

どうやらきいてはならぬことを口にしたようである。私は思わず身をすくめた。

「それは点心の名前でな」それでも師匠は答えてくれた。——「おやじがむかし、蘇《そ》州《しゅう》のある店でそいつを食べて、世の中にこんなうまい点心があるのかと感心したそうだ。祥道、おやじはおれの点心を食べたあと、百花双瞳にはかなわんと言ったんだろ？」

私は中途半端にうなずいた。

「なア、祥道」師匠は椅子《いす》に腰をおろして言った。——「おれはどこへ行こうと、庖丁一本で身を立ててみせる。この店もいつとび出してもいいんだ。だけど、あの百花双瞳ちゅう点心のことを言われたんで、意地になって残っているんだ。いまにあッと舌をしびれさせるような点心をつくって、おやじにもう二度と、百花双瞳なんて名前を口にせんようにさせてやる。それまで、おれは歯をくいしばって辛抱するぜ」

「おなじものはつくれないんですか？」

　私はおそるおそるたずねた。

「どんなものかわからん。このまえ、おやじが上海《シャンハイ》へ出張したとき、そいつを食うために、わざわざ蘇州まで行ったが、もうその店はなかったそうだ」

「ご主人にきけば、だいたいどんなものか、わかるんじゃありませんか？」

「おやじが言うもンか！」師匠は吐きすてるように言った。「点心は使ってある材料がわかりにくい。食べただけではわからん。うまいかまずいか、おやじはそれしか言えんのだ。もっとも、正直なところ、おやじの舌はわりとたしかだがな。ま、百花というんだから、そいつが百花餡《あん》を使った点心であることだけは見当がつく」

　店主のいう百花双瞳は、いずれ誰《だれ》かが勝手につけた名であろうが、師匠はきいたこともないという。百花鳳眼《ほうがん》という点心なら、よくつくった。名前からすると、それに似たものであるらしい。

「よし、今晩はその百花鳳眼というのをつくってみよう。おまえにもくわしく教えておこうじゃないか」

師匠はそう言って立ちあがった。

3

「点心」は間食だから、手でつまんで食べられるようなものが多い。ぎょうざやしゅうまいがその代表的なものである。そばやケーキ類も点心にはいる。

むかし梁《りょう》の昭明太子《しょうめいたいし》が、国民の食糧事情が悪化したとき、山海の珍味の皿をテーブルにならべる従来の宮廷食を遠慮して、一皿ですむ簡易食にきりかえた。それが点心のはじまりとされている。

簡易食であるから、ちょっと腹の足しになるていどの、ごく手軽なものであったはずだ。ところが、しだいに凝ったものがつくられるようになった。

私は師匠から百花鳳眼のつくり方を教わった。そのおもな部分は百花餡なのだ。

標準的な百花餡の製法は、まず、なまのえびの身をすりつぶすことからはじまる。つぶしたえびの身一斤《きん》につき、約三匁《もんめ》の塩をいれ、ねばつくていどまでこねまぜる。それを二時間ほど冷蔵庫にいれてから、こんどは三十匁ばかりのあぶら身の多い豚肉をみじんに切る。米粒の半分ぐらいに切るのが理想的である。それをいれて再び冷蔵庫におさめる。さらに二時間後にとり出して、皮につつむのだが、そのとき調味料、胡椒《こしょう》、ごま油などをまぜる。

皮の製法は、メリケン粉一斤につき、緑豆の澱粉《でんぷん》三十匁をまぜ、ていねいに篩《ふるい》にかけて雑物を除き、熱湯にいれてかきまぜる。五分後に、こんどは手で、粒がかんじられなくなるまで揉《も》みつづける。最後にラードをすこしいれて、また揉む。

「皮も大切なんだ。よくみてろよ。……おやじもおれの皮についちゃ、いちども文句を言ったこたアねえんだ」

粉を揉みながら、師匠は喚《わめ》くように言った。

彼の両腕が、からだとは別の生きもののように、めまぐるしくうごく。揉んだ粉を棒でのばし、直径一寸の円形の皮にする。一斤の粉で四十枚の皮がとれるという。

「一枚の重さが四匁だ」

師匠は自分のつくった皮を秤《はかり》にのせた。かっきり四匁だった。

「おまえ、試しにやってみろ」

そう言われて、私は慣れない手つきで皮をつくった。秤にかけると、五匁を越えていた。

「ま、はじめはそんなもンだな」

師匠はあんがいやさしかった。どうやら彼は、店主の舌に挑戦するために、私を自分の戦力に加えることを考えているようだった。

できあがった皮に、落花生油を薄く塗り、百花餡六匁をいれてつつむ。しゅうまい状ではなく、舟形にして、百花餡のてっぺんに、グリーン・ピースを一つのせておく。それを蒸籠《せいろう》で約十分間蒸す。――それで、百花鳳眼という点心ができあがるのだ。

「鳳眼ちゅうのは、舟形が眼のかたちになって、まん中にグリーン・ピースの目玉があるところからきた名前だよ。双瞳というからには、もう一つよけいに目玉があるんだろうが、なにを使うのかわからん。ハムや人参、タケノコも使ってみたが、どうもちがうらしい」

そう言う師匠の眼がぎらぎらしている。

その後、私はなんども師匠の百花鳳眼やその変形をつくるのを手伝った。蠣《かき》油をいれたり、刻んだタケノコや西瓜《すいか》の種をのせたり、いろいろ工夫をこらした。豚肉のかわりに牛肉を使ったこともある。そんな試みは、すべてあの百花双瞳という幻の名点心に近づき、それを越えるためになされたのだ。

店主の范欽誠は、ほかの点心ではほめたことはあっても、百花餡系統のときは、けっしてうまいと言ったことがなかった。

師匠はますます闘志を燃やして、点心づくりに没頭した。手あたりしだいに、めぼしい材料を加えてみるが、結果は芳《かんば》しくない。

「むだなことばかりしてやがると、おまえはそう思っとるんだな?」

血走った眼で、師匠が私に詰めよったことがある。いくらテストを重ねても失敗するので、虫のいどころがわるかったのであろう。私がかぶりを振っても、

「うそをつくな! おまえの顔にそう書いてある。おれを嗤《わら》ってやがるんだろ?」

と言いざま、拳をかためて、私の後頭部を思いきりぶん殴った。

いつのまにか、師匠が興奮すると、私まで気がたかぶるようになった。思いのほかうまく行くと、師匠はにやりと笑うが、私をふりかえると、彼は自分とおなじ会心の笑いを、若い弟子の顔に見出したはずである。

ある日、南京町の広東料理店の主人が、永建公司の厨房にやってきた。

「もったいないねえ。楊さん。あんたの腕で、たった二十人たらずの人に食わせるだけとは。宝のもち腐れですぜ。ひとつ、何百人の人の舌を堪能《たんのう》させる気はありませんかねえ?」

と、その男は言った。どうやら引き抜きにきたらしいのである。

「二十人でけっこうだよ」

師匠はぶっきらぼうに答えた。

二十人どころか、師匠はたった一人の人間のために、庖丁を握っていたのである。

「うちにもコックは揃《そろ》っている」と、料理店のおやじは言った——。「しかし、点心専門の職人がいない。楊さん、あなたの点心はめっぽう冴《さ》えてるそうじゃないか。どうですかね、うちに来て腕をふるってみては。……ええ、そりゃ給料ははずみますよ。あんたがここでいくら貰《もら》ってるか、それくらいは知ってまさ。……その二倍ではどうかな？」

「フン」師匠はそっぽをむいて、「おれはな、表むきの給料の二倍は、おやじからとくべつに貰ってるんだ。がつがつしやせんよ」

その答え方で、脈がないと見きわめたのであろう。料理店のおやじは椅子《いす》から腰をうかしながら、腹いせにいやみを言った。

「まだそのうえに、材料の仕入れ代をピンはねできるし、やめられませんな……」

「なにを！」

師匠はそばにあった小鍋をつかむと、やにわに投げつけた、相手はもう厨房からとび出していた。小鍋はセメントの床に、ガラガラと大袈裟《おおげさ》な音をたてころがった。

（どういうことなんだろう？）

その場の情景に、私は考えこんだ。師匠の気もちは、わかりすぎるほどよくわかった。范欽誠の舌をしびれさせるまで、彼は永建公司の厨房をはなれないだろう。ただそれだけのために、彼は生きている。

私は自分の師匠のそんな熱に、まきこまれるような気がした。日本くんだりまできた目的は、もっとほかにあったのではないか？　人間らしい生活をするために、一つの技を習得する。その技芸が料理であるのは、偶然、私が広州で料理店にいられたからにすぎない。自分でえらんだ道ではないのだ。

（それなのに、こんなにのめりこんでいいのだろうか？）――ふと不安をおぼえた。

4

店主范欽誠の一人息子范宗安《そうあん》は、私が永建公司にはいった年は、休みにも東京から戻ってこなかった。翌年、学年末の休みにやっと帰神したが、それは両親が連れ立って天津《てんしん》に旅行する時期と重なっていた。

店主夫婦が天津へ行っている一と月のあいだ、師匠は張合いがなかったようである。たいていのことは私にまかせて、自分はそばからときどき助言するだけだった。十五歳の私には荷が重かったが、このときの実習は大きなプラスとなったようだ。

若旦那《わかだんな》の范宗安は、よく私を連れて南京町の『博愛』や『大東楼』鯉川筋《こいかわすじ》の『神仙閣』へ行った。『博愛』で一品料理を食べたあと、私たち二人は夜の元町《もとまち》をぶらついた。そのとき、范宗安は言った。——

「自分の好みをすみずみまで知ってくれている、腕ききの料理人をもつというのは、きみ、人生最大の幸福だよ」

彼が父親にひけをとらぬ食道楽であることは、そのことばにこもった実感でわかった。

「それもそうですね……」

私はおずおずと答えた。年は五つほどしかちがわないが、店主の息子といえば、まるで人種が異なるように思えたのである。

「そうだよ、きみ、その点、おやじはしあわせだな。楊さんみたいな料理人を抱えているんだから。なにしろ彼は、おやじの舌の裏の裏まで知っている、そうじゃないか？」

「ええ……」

「味覚は人によって差がある」范宗安は胸を張って夜空を見上げた。——「ぼくとおやじとでは、舌の経歴がちがう。おやじの食べたことのないものを、ぼくはずいぶん食べている。だから、楊さんの料理じゃ、ぼくの舌にぴったり合わんな。時代もちがっている。永建公司だって、いずれぼくの代になるんだ。ぼくの時代の永建の料理長は、丁君、きみだよ。しっかり頼むぜ。それでこうして、いろんな料理を味わってもらうんだ。ぼくの舌を理解し、それに合わせて工夫してほしいよ」

（そうだったのか……）と、私は思った。

范宗安が私を連れ歩いたのは、人間的な結びつきからではなかった。身分のちがう相手だが、そこはかとなく友情めいたものをかんじはじめていた私は、横っ面をいきなり撲《う》たれたような気がした。厨房で師匠から受ける平手打ちよりも、それは深く心にこたえた。

調教師が犬を連れ出して、いろんな経験をさせようとしているのに似ている。——私は道具だった。自分のものとなる道具に、范宗安は磨きをかけているのだ。

私も顔をあげた。あまりのみじめさに、せめて范宗安が見上げている夜空を、私もおなじように見たいと思ったのである。だが、私の眼は夜空の星まで届かなかった。元町通りの両脇《りょうわき》にならぶ鈴蘭灯《すずらんとう》に、忘れられたようにからんでいる造花の桜が、わびしく眼にはいっただけである。

範宗安は私を日本料理の店に連れて行ったこともある。そのとき彼は和服を着ていた。

「きみ、視野をひろげてほしいね。偏見はいかんよ。たとえば、日本のキモノを着ると、日本かぶれだとかげ口を言うやつがいる。いま中国服なんていってるのは、ありゃ満州族の衣裳《いしょう》じゃないか。キモノこそ、わが漢民族の明《みん》代の服装だぜ。それから、ほら、このサシミ、これも中国のもので、本国で失われて久しい料理だよ。幸い日本に残っている。これなんかも、中国の料理として回復すべきものの一つだろう」

サシミを前にして、範宗安はそう言った。

彼は手帳をとり出して、数行の漢字を書いて私に示した。小学校しか出ていない私には、とても理解できない難しい字ばかりである。それを彼は解説した。

なんでも宋《そう》の詩人梅堯臣《ばいぎょうしん》のつくったサシミの詩であるという。鱗《うろこ》をはぎ、ヒレをおとし、葉のように薄く切ったサシミが、蕭々《しょうしょう》（さらさら）と盤《さら》のうえにおちる。粟々《ぞくぞく》（ざくざく）と、霜のような白い大根を切って、こまかい糸――サシミのツマにする。

そのような意味の詩であった。

「どうだ、九百年まえには、わが中国にもちゃんとサシミがあったんだよ。どういうわけか、われわれの先祖はそれをすててしまった」

サシミに限らず、范宗安はどんな料理についても、講釈をするのが好きだった。そこが父親とちがっている。うまい、まずいしか言わない范欽誠よりは、御しやすいかもしれない。もし范宗安が百花双瞳を食べておれば、それについて、微に入り細を穿《うが》った講釈をしたであろう。とすれば、つかみどころのない名点心に取組んでいる、師匠のような苦労を、私はしなくてもすむだろう。

将来、私はこの范宗安だけのために、庖丁をふるうことになりそうだ。が、師匠のように一途《いちず》になれるだろうか？　私にとって料理は、生活の手段にすぎない。香園菜館の能なし老人のようにはなりたくない。それが最低の目標で、志はそれほど高くなかったのだ。

いつのまにか私は、いかにして将来のあるじとなる范宗安と、うまく調子を合わせるかという、さもしいことを考えていた。

新学期がはじまると、范宗安は東京の大学へ去った。いれかわりに、店主夫婦が天津から帰ってきて、再びもとの生活に戻った。

私は師匠の熱気を半ば吸い取り、半ばそれを避けようとつとめた。

つぎの夏休みに帰省した范宗安は、私を例の日本料理の店へ連れて行き、そこの板

前に、

「この子に、サシミのツマのつくり方を教えてやってくれないか。授業料は出すから」

と、頼みこんだ。

「よろしおま」鉢巻をしめなおして、若い板前は答えた。――「授業料なんか要りまへんがな。大根五十本もってきなはれ。五十本も刻んだらコツがわかりまっしゃろ」

そんなわけで、翌日の午後、私は大根を風呂敷《ふろしき》につつんで、その店へ行った。野菜切りには自信があった。五十本どころか、三十本も切らないうちに、要領がのみこめた。

大根を刻んでいる最中、私は妙に自分がいとおしくなった。この練習をしているのは、范宗安のためである。たった一人の人間の快楽のために、別の人間の生涯がすりつぶされてよいものだろうか？　それはむなしい。また、一対一のきびしさを思うと、やりきれない。師匠のように、范欽誠一人の舌と対決する姿勢は、私には息づまる思いがする。

私の目的は、よりよい生活をするためであって、道をきわめることではなかった。求道《ぐどう》の意気ごみがなければ、すぐれたコックになれないかもしれない。子どもも心にも、私はそこが難しいと思った。

師匠もそのころから、そうした私の迷いに気づいていたようである。私をとらえて、師匠はまっしぐらに進む。私もけんめいについて行こうとする。だが、あるところまで行くと、私はふとためらうのだ。

(ここからさきは、危ない)

と、本能的に身をかわそうとする。

そんなとき、私を見る師匠の大きな眼は、かなしげな湿りを帯びた。それが私にはつらかった。そのような目つきで見られるよりは、殴りとばされるほうがましだと思う。

5

翌年、日本が中国と戦争をはじめた。若い店員が何人か帰国したが、やがて大陸には親日政権がうまれ、永建公司は新日華商として商売をつづけた。

若旦那が卒業するころ、東京で日本の女と仲好くなっているという噂《うわさ》があった。

「そもそも東京へ行かせたのがわるいんです。あのとき、あたし反対したじゃありませんか」

　范夫人はいきり立ったが、いまさらそんなことを言っても、あとの祭りである。

　おそらく、かなりの紆余曲折《うよきょくせつ》があったのだろうが、とにかく大学を出た范宗安は、東京でその女性と結婚してしまった。新婚夫婦が帰神したのは、太平洋戦争のはじまる年だった。私はちょうど二十《はたち》になったばかりだが、范宗安の新妻恒子《つねこ》も、私と同い年だったのだ。

　はげしい反対があったことを知っていたので、恒子は敵地に乗りこむようなつもりで、永建公司にはいってきたようだ。たえず背のびをして、誰からもばかにされまいと、あたりに気を配りつづけていた。ことばが通じないことも、彼女を一そう芯《しん》のつよい女にしたのであろう。顔立ちはととのって、ことに膚のきめがこまかく、誰がみても美人だった。

「なにも日本の女がいけないというんじゃないよ。しっかりした家庭の娘さんだったら、日本人だって嫁にしてもかまわないと、あたしはいつも言ってたのに……」

　范夫人がそうぼやいているのを、私はきいたことがある。そういえば、若夫人はすこし粋《いき》すぎるところもあったようだ。

　ある晩、私は点心の皿をさげるために、三階の居間へ行ったところ、店主夫婦と范宗安はもう寝室にはいったとみえて、若夫人一人だけがそこにいた。勝手がちがったので、私はしばらくつっ立っていた。彼女は私に気づいてほほえんだ。

「なにをぼんやりしてるの？　なにかに見とれてるの？」

爽快《そうかい》なうぬぼれである。私のほうが羞《は》ずかしくなって、顔をあからめた。

「まア、真っ赤になって……しようのないひと」

彼女はあでやかに笑って言った。

いつかこの恒子のことを、范欽誠が、「いやにはきはきした女だ」と、ほめたのかくさしたのかわからないような批評をしたことがある。私がはっとしたのは、彼がそのあとにつけ加えたことばであった。——

「歯ごたえが百花双瞳に似てるよ」

彼はそれまで、百花双瞳について、具体的な説明をしたことがない。だから、このことばは大いに参考になるであろう。だが私は、それを師匠に告げなかった。もしそれを知れば、師匠はそのヒントで、いろんな試作品をつくるにちがいない。

「あれはながつづきしねえぜ」

他人のことにはまるで興味をもたない師匠が、なにかのはずみに、若夫人についてそんなふうに言ったことがある。

夫婦生活の破綻《はたん》を意味したのであれば、それはあたらなかった。永建公司の雰囲気に、若妻がいずれ我慢できなくなるという意味なら、師匠の予言は的中したといえよう。

「ぼくたちは広東へ行きたい。これからは、こんな商売もだんだんやりにくくなる。もうさきが見えているよ」

神戸に帰って家業の手伝いをはじめて一年もたたぬうちに、范宗安は両親にそう言った。

大陸からの留学生で、帰国して親日政権で良いポストについている連中がいた。広東省政府に勤めているそんな旧友の一人から、優秀な人材が不足しているという手紙を受取ったのが、范宗安の気もちをうごかしたようだ。

妻の恒子もそれに賛成した。彼女にしてみれば、居心地のわるい永建公司にいるよりは、日本人が実権を握っている、いわゆる親日政権要人の夫人になるほうが、はるかに魅力があると考えたのであろう。

両親はあんがいかんたんにそれを許した。広東は彼らの故郷であり、親戚《しんせき》や知人が多い。范夫人などは、東京よりも広州のほうが近いと考えていたのかもしれない。そのうえ、范宗安が言ったように、貿易という仕事も、じっさいにやりにくい状況になりつつあったのである。

　范宗安夫婦が広東へ去ってから、戦局は急速にきびしさを加えた。制海権を失ってしまえば、貿易どころではない。さしもの永建公司もしだいに業務を縮小して、国内商売でどうにかお茶を濁すようになった。店員も一人去り、二人去って行く。

　在留華僑は外国人でありながら、徴用されるようになった。華僑挺身隊《ていしんたい》などといって、名目は志願であったが、実質的には強制だったのである。

「朝堅の年では心配ないが、おまえは危ない。先手をうったほうがいいな」

　そんな范欽誠のすすめで、私は二百人ばかりの工員をかかえた鉄工場の食堂に、コックとして勤めることになった。

　おなじコックでも、大きなちがいである。大きな釜《かま》で味噌汁《みそしる》を炊き、副食物は、干物、漬物、乾燥野菜のたぐいなのだ。二百人分だから、万事大雑把で、永建公司の厨房で習いおぼえたことは、しばらく忘れるほうが賢明であった。

　昭和十九年の秋に、永建公司もとうとう店をとじることになった。そして店主の范欽誠は有馬《ありま》の奥に引退した。

　私はひまをみつけて、范欽誠の疎開先を訪ねた。夫人が病気だときいたので、見舞に行ったのである。そのとき、師匠の消息をきいた。彼は永建公司が廃業しても、どうしても店主のそばにいたいと言ってきかなかったそうだ。范欽誠の舌にすべてを賭《か》けてきた男としては、ほかに生きる道はないのであろう。

「朝堅の気もちはうれしいが、それはあの男のためにもよくない。こんなに食糧事情が悪化したんだから、あの男も腕のふるいようはあるまいし、それに疎開ぐらしの人間が、料理人をおくなんて、そんなぜいたくはできん。頼むようにして、尼崎《あまがさき》の工場につとめてもらったよ」

范欽誠はそう言った。

彼の夫人の病気は、思ったよりもわるいようだった。だが彼自身も、しばらく見ないうちに、めっきり老けこんで元気がなかった。

師匠が就職したのは、何千人の工員が働いている大工場の食堂だという。スープなどもドラム缶でつくらねばならないだろう。ごった煮の巨大な鍋のまえに立っている師匠のすがたなど、どうしても想像できない。事務所でタイプライターにむかって坐《すわ》っている師匠のほうが、想像としては、まだしもおだやかな気がする。

6

空襲があって神戸のまちが焼け、疎開中の范夫人が病死し、やがて戦争が終った。

私は二十四になっていた。

「料理屋をやろう。大ぜいの人間を相手に」

私は焼跡に立って呟いた。二十人だけを相手にしてきた私も、工場でその十倍の人間の食事をつくるようになってから、いささか自信をもったのである。

そのほうが私にむいていると思う。師匠のもつ、あのはげしい傾斜にのめりこむのをおそれた私ではないか。きびしく凝縮されたものをめざすよりも、私は万人好みという、水ぶくれの大まかな目標で満足して行ける性格なのだ。

資金が要る。私は有馬へ行って相談した。

「貿易ができるようになるのは、まだ先のことだろう。店も焼けたが、こんど建てるときはビルだな。厨房を設けるなんてふるいしきたりだよ。なあに、遠慮せずに自分で商売をするがよい」

そう言って、范欽誠は六万円貸してくれた。当時としては、まとまった金である。

私はさっそく三宮《さんのみや》にバラックを建てた。

師匠がそのバラックに訪ねてきたのは、開業して三日目のことだった。

「おれを置いてくれ」

いきなり、彼はそう言った。

「師匠も店をもちなさい。おやじさんに頼めば、資本ぐらい出してくれますよ」

「いや、おれは店なんかもちたくない。いずれ、おやじのそばに戻るが、永建公司再建まで、当分、腕ならしをしたいのだ」

その日から、客分のようなかたちで、師匠は私の店に居坐った。私は范欽誠自身の口から、将来の永建公司には厨房など設けないときいている。だが、師匠はむかしのように、公司の厨房で百花双瞳をしのぐ名点心をつくることを夢みているのだ。范欽誠は師匠に、厨房をつくるつもりがないことを、話さなかったとみえる。おそらく、師匠の顔をみていると、そんなことを口にするのが残酷な気がしたのであろう。

私は自分の店に、「永香食堂《えいこう》」という名をつけた。永建、香園と、私の勤めた二軒の店の名から一字ずつとったのである。

商売であるから、利益をあげることが第一である。もっとうまい料理法があるとわかっていても、採算に合わなければ、メニューに加えるべきではない。本来の料理道からは、はずれているだろう。料理道の権化のような師匠は、私にはけむたい存在であった。

「商売ですから採算を考えますよ」

私はそう釘《くぎ》をうっておいた。

「わかってるよ」と、彼は答えた。

ところがある日、彼はとつぜん、百花双瞳ふうの点心をつくってみようと言い出した。いよいよ来たか、というかんじであった。ここで毅然《きぜん》とした態度をとらねば、また渦のなかにまきこまれてしまいそうである。

「百花餡を使うような高級なものは、うちの店にはむきませんよ。コストもずいぶん高くつきますから、誰も注文せんでしょう」

私はきっぱりといった。

「いや、商売用じゃない。有馬のおやじへの土産にな……なあに、ちょっとでいいんだ」

「ああ、それなら」

私は承諾した。范欽誠はまだ有馬の疎開先にひきこもったままだった。私もときどき利息をもって行く。そんなときの手土産に、百花鳳眼を持参するのはいい考えである。

久しぶりに百花餡をつくった。庖丁の腹でえびの身をつぶしながら、私は永建公司の厨房を思い出した。師匠のほうをみると、怒ったような顔をしていた。私はとりとめのない回想をしているのにすぎないが、師匠にしてみれば、いつの日か、百花双瞳以上の点心をつくろうと、執念を燃やしていたのであろう。

できあがった百花鳳眼を、師匠は一人で有馬へもって行った。帰ってきたとき、彼は浮かぬ顔をしていた。私は范欽誠がまたしても、むかし食べた百花双瞳を褒めて、師匠の気をわるくさせたのではないかと思った。

「おやじも年をとった」と、師匠はため息まじりで言った。――「奥さんが亡くなってから、頭がぼんやりしたのかな？　わるいやつにひっかかって、だいぶ金を巻きあげられたそうだ。で、よけい元気を失くしている」

「そうですか。……貿易が再開されないので、慣れないことに手を出したのでしょうな」

私も范欽誠が詐欺にかかっている噂をきいたことがある。だが師匠の口ぶりでは、その金額は予想以上に大きいらしい。

「元気がなくなると、舌まで鈍くなるんじゃないかな？　それが心配だよ」

師匠のそのことばをきいて、私は背筋につめたいものが走るのをおぼえた。

（あの道にのめりこまなくてよかった）

私はつくづくそう思った。一つの道をきわめようとする人間は、どうしても妖怪《ようかい》とならざるをえないのだ。

范欽誠が破産状態であることは、やがてわかった。彼は私のところへきて、借金返済のために、永建公司の焼跡の土地を処分したいと言った。高く売れる相手を世話してくれというのである。

私は足りない分は友人から借りて、時価よりもすこし高い値でその土地を買った。

「旦那、永建公司の土地は私が預かっておきます。旦那が立ち直ったら買い戻してください。どうせあそこは料理店をひらける場所じゃありませんから、あのままにしておきます」

登記がすんだあとで、私は范欽誠にそう言った。彼は眼をしょぼしょぼさせた。両眼とも膿《のう》のような目やにがついていた。

范欽誠が死んだのは、昭和二十四年の春だった。永建公司再建の夢は、ついにはたせなかった。それどころか、有馬の家も抵当にはいっていて、無一文だったのである。

死んだ者はしようがない。私はむしろ師匠のほうが心配だった。彼はしょっちゅう点心をつくって、有馬へ持って行った。上等な材料をふんだんに使うので、私たちの関係を知らない店の幹部コックが、よくこぼしていた。私は店の連中に、楊さんのやることは、見てみないふりをするように言いつけてあった。どんなぜいたくな点心をつくっても、手土産では量が知れている。その手土産づくりが、師匠の生き甲斐《がい》だった。それがもう、贈る相手がいなくなったのである。――師匠は挑戦すべき舌を失ってしまった。

范欽誠の死後、師匠は永建以来のもう一つの道楽、バクチに逃げ道をもとめたようである。賭場《とば》にいりびたりだった。

一と月たって、師匠はとつぜん、

「おれは九州へ行く。もう帰らない」

と言い出した。

「藪《やぶ》から棒に、なんですか？」

「おれは大バクチをうった。五十万円賭けた」

「五十万円？」

と、私はきき返した。そんな金を、師匠がもっているはずはなかったのである。

「おれが勝てば、相手は五十万円出す。おれが負けると……おれはそんな大金なんぞ持っちゃいない。で、これを賭けたんだ」

そう言って、師匠は左手で右腕をたたいた。

「腕を?」

「そうさ。相手は九州で料理屋をやっているおやじだ。まえからおれを呼んでいたが、ことわりつづけていたよ。それでこんどは勝負さ。おれは負けたから、この腕を相手にとられるわけだ」

私はやっとのみこめた。バクチのカタに女房を差し出すという話はきいたが、料理の技術も賭けの対象になるらしい。

「たった五十万円ですか、師匠の技が? 冗談じゃない。そんな金、私がすぐに払います」

「いや、そんなことはしてくれるな」と、師匠は私を制した。——「どうせおやじも死んじまった。おれはおまえのところにいると、つらくてしようがない」

私は師匠をよく知っているので、彼のことばを誤解などしなかった。彼がつらいというのは、私の世話になるのが心苦しいという意味ではない。永建の厨房であれほど仕込んだのに、料理道からはずれ、堕落した技術で金を儲けている弟子をみているのがたまらない。——そう思っているのにちがいないのだ。

師匠は九州に去った。

7

二年後、音信不通だった永建公司の御曹子范宗安がすがたをあらわした。

一月末の寒いころだった。レジで私がいることをたしかめると、彼はずかずかと奥にはいってきた。彼のあとに、恒子と、狐《きつね》のようにとがった顎《あご》をした色の黒い男がついていた。

「久しぶりだね、きみ」

と、彼は言った。とつぜんのことなので、私はしばらくことばも出なかった。

「一週間まえに日本にやってきた。……それにしても、おやじはだらしがなかったな。わるいやつにころりと騙《だま》されて。……店の者が誰も注意してやらなかったというのが、けしからんじゃないか。いや、きみは厨房のほうの人だから、商売のことはよく知らんからいいんだよ」

朗らかな声だった。どこにも湿りはかんじられなかった。

「あの人たちも、自分が食べて行くことで精一杯だったんです。戦後はひどいものでした」

私は辛うじて、かつての同僚たちにかわって、弁解のことばを口にした。

「おやじはきみに、永建の土地を預けたそうだな。おやじの名前にしておけば債権者がうるさいんで、きみの名に登記を変えたなんて、ま、それがふつうだろうが、晩年の耄碌したおやじにしちゃ、上出来だったね」

范宗安は一人でしゃべった。恒子はもう三十に近いはずだが、むかしとすこしもかわっていないようだった。無表情でじっとしている。

「ぼくは一旗あげるんだ」と、范宗安はことばをつづけた。――「永建公司を再建して、まず香港《ホンコン》と貿易をはじめる。あそこには知合いがたくさんいる。それから新しい永建は東京だ。MITI（通産省）の許可を、いちいち神戸から東京へ取りに行くなんて面倒だし、これからは、なんでも東京だな。神戸の土地は売って、運転資金にするつもりだ。そう、土地はこの人に売る話を進めている」

范宗安は、狐のような顔をした男のほうを、ふりかえった。

私はあっけにとられた。たしかに、范欽誠にあの土地は預かっておくと言ったおぼえはある。だがそれは、再起して買い戻してくれるのを待つ、という意味だったのだ。死んだ范欽誠は身の零落を羞じて、自分にはじつはかくし資産があると、誰か親しい人につよがりを言ったのかもしれない。どうやら范宗安はそれをきいて、土地は父のもので、私は登記上の名義人にすぎないと信じているらしい。

私は黙っていた。あの土地を買うために借りた金はとっくに返済した。地価は数倍になっているが、私には剰《あま》りものではないか。

（香典がわりにしよう）と、決心した。

土地を売った金を手にして、范宗安は勇んで東京へ行った。

狭い華僑社会内では、誰かがはでなことをすると、その噂はすぐに伝わる。半年ほどのちに、私は范宗安の名を耳にするようになった。――東京ではでに失敗した男として。

范宗安も父親のように詐欺にかかった。父子とも、ほとんどおなじ手口にのったそうだ。柳の下にいた二匹目のどじょうとして、むしろユーモラスな話題の主人公とされていた。

そのころ私は、隣の薬局を買いとって、店をひろげていた。こんどはりっぱな本建築の建物になる。七月上旬、新しい店の落成直前、私は范宗安夫婦の訪問を受けた。

「やっと基礎はできた。なにごとも最初は難しいが、もう軌道にのったから大丈夫。これからはとんとん拍子に行くよ」

範宗安の声は、相かわらずのびやかだった。だが、虚勢のつくりだした歪《ゆが》みが、どことなく影をおとしているようにもきこえた。まえのように、彼はよくしゃべった。それも、ことばがとぎれるのをおそれ、饒舌《じょうぜつ》ですきまをふさごうとしているかのようだった。

「こんど神戸に来たのも、新しい企画の準備のためでね。まだ秘密だから、ぼくが神戸にきたことも他人《ひと》に知られたくない。オリエンタルホテルに泊ると人目につくから、しばらくきみのところに泊めてくれないか？」

彼の来訪の目的は、そこにあったようだ。

「ごらんのとおり、うちはまだ工事中だから……でも、適当な場所を世話しましょう」

改築中は、住込み店員たちを、数か所の臨時宿舎に分散してあった。ところが用意した宿舎が一つあまっている。知合いの家にもぐりこんだ店員が何人かいたからである。永香食堂から歩いて三分もかからぬ果物屋の二階が、借りたまま空いていたのである。私はそこへ範夫婦を案内した。

数日たって、工事はほとんど終った。日ごろ世話になっている人たちを呼んで、新しい店で一席設けることになった。

その前日のことである。――私は料理屋仲間から、博多《はかた》にいた師匠が、自殺したというしらせをきいた。

つめたい風が、私の胸を吹き抜けて行った。私は木のかおりも新しい家のなかに、一人でじっとしていた。

新しい厨房での初仕事として、私は自分で百花鳳眼をつくることにした。師匠を追悼する気もちがそうさせたのだ。そして、百花餡のなかに、乾貝柱を細かく刻んでいれることを思いついた。我ながら、いい思いつきだった。それで百花餡は一そうコクのある風味になるだろう。それを冷蔵庫にしまいこみ、いつでも皮がつくれるように、粉を用意した。

午後九時、やっとそんな仕事が一段落したので、座敷の新しい畳のうえに寝ころんでいると、裏戸にノックの音がきこえた。

店員か大工だろう。私はそう思って裏戸をあけに行った。そこに立っていたのは、浴衣《ゆかた》がけの恒子であった。

「まあ、りっぱねえ。……果物屋のおかみさんの話では、あんた、借金もせずに、これを建てたんですってね？　えらいわ」

あたりを見まわしながら、彼女ははいってきた。足もとがよろけている。ろれつがあやしく、腰の線がときどきゆらいだ。

「まあね……」

そんなふうに答えるほかはなかった。

恒子は座敷にあがりこみ、まともに私とむかい合うと、いきなり、

「あの男はだめなのよ」語尾に涙声がまじり、それを拭《ぬぐ》うように、彼女はことばをつづけた。――

「ほんとに、なにからなにまでだめなのよ。口さきばっかりでね。広東でも、けっきょく、なにもしなかったわ。日本へ来るときも、永建のむかしの得意先からお金を借りたんだけど、返すめどなんてありゃしない」

どうやら夫婦喧嘩《げんか》をしてとび出し、どこかで酒をあおって、ふらふらとここへ来たのであろう。私はなだめようとした。

「でも、気のいい人ですよ、宗安さんは」

「気がいい?……おかしくって……ぜんぜん大人じゃないわ。それにくらべると、丁さん、あんたはりっぱだわ。永建の台所で一所懸命やってたわね。自分の仕事を真剣にやる男って、あたしゃ好きだよ。……それに、あの土地、あっさりあの男にくれてやったのね。……あれが、あんたのものだってこと、あたし知ってるわ。……ほんと、

すばらしいひと」

私はしなだれかかった彼女をうけとめた。頰《ほお》に彼女の髪がかかった。

「あんたのほうが好き！」

髪は私の頰を一《ひ》と撫《な》でして、そのあとに、なまあたたかい女の顔がおしつけられてきた。私は思わず両手で彼女の肩を抱いた。

その肩が大きく揺れ、彼女のからだが、急に折れたように、腰から沈んだかと思うと、畳のうえに崩れた。

ちょっと力を出せば、かんたんに彼女を支えおこすことができたであろう。だが、私は彼女と折れ重なるようにして倒れた。

私はもうひるまなかった。彼女の唇にそっと唇をふれた。永香食堂の経営に成功してから、私にも男としての自信がうまれたようである。

彼女の手が、私の後頭部をつよくおさえた。どちらも顔がほてって焼けるようだったが、唇だけはひんやりしていた。――私は彼女の唇を吸いつづけた。

私のちょっとしたうごきにも、彼女はかならず反応を示す。私が手のひらを彼女の首すじにあてると、彼女は私の肩においた手に力をこめた。

（料理でいえば、これは歯ごたえだな……）

熱くなっている自分の胸に、私はそんなことばをおとしこんでみた。この勢いで燃えると、すぐに燃え尽きてしまいそうなので、それをおそれたのだ。火をながびかせるために、なんとなく冷静な感想めいたものを、こねあげたのである。

しかしそれは、私の胸だけではなく、脳細胞にもふしぎな衝撃を与えた。——なんとなく思いうかべた「歯ごたえ」ということばが、そんな作用をしたのである。

——歯ごたえが百花双瞳に似てるよ。

かつて范欽誠が恒子を評したそのことばが、私の頭にひらめいた。

(くわいだ!)

脈絡のない名詞が、バネのようにはねあがった。

8

たしかにくわいである。しゃりしゃりと歯にこたえ、それでいてあっさりしている。私は恒子のからだに、その「くわい」の実をかんじたのだった。

私は彼女から離れて立ちあがった。

「どうかしたの?」と、彼女はきいた。

「いや、やりかけた仕事を思い出した」
「すぐにすむの！」
「そこの調理場で。……そう、すぐにすむ」
「じゃ、それをすませてからゆっくりね。……待ってるわ」

私は調理場におりて、くわいの実を賽《さい》の目に刻み、それから角《かど》を削ってまるくした。ちょうどグリーン・ピースとおなじ大きさになる。それから粉を揉み、皮を十枚つくった。

冷蔵庫からとり出した百花餡を皮につつみ、さきほどつくったくわいの丸粒とグリーン・ピースをならべてのせた。

これが百花双瞳だ！

私は確信した。グリーン・ピースとならべて一対の瞳《ひとみ》とするべきものは、ハムでも人参でもタケノコでもなかった。くわいの実以外のなにものでもない。さすがの師匠も、そこまでは思いつかなかったのだ。——私は狂喜した。

心臓の鼓動がたかまった。恒子を抱いた興奮とは、まるで別種のものだった。それまで私をつつんでいた、むせかえるような女性のにおいは、うそのように消えている。

（なぜこんなにうれしいのか！　金儲けのために、料理の奥義に背をむけた男が、ど

った。

うしてこんなに心をふるわせてよろこぶのか！）

死んだ師匠の執念が、私にのりうつったのだ。——それが一ばんかんたんな答えだった。

なにしろ十年近くも師匠にきたえられたのだから、方向をかえた今の私にも、師匠の心とつながる糸が、どこかに残っているのであろう。

師匠の火の玉のような情熱が、私にも飛び火していたはずである。移された火に、私は臆病《おくびょう》であった。そっと灰をかぶせてしまったのだ。だが、それは消えていなかったらしい。かぶさった灰が吹きとばされると、その風にあおられて、かすかな残り火が、とつぜん焔《ほのお》をあげたのにちがいない。

そんな理屈はどうでもよい。私は気も狂わんばかりにうれしかった。うらぶれて死んだであろう師匠を、さきほどまで私はあわれに思っていた。

いまわかった。師匠の一生は、けっしてみじめではなかったのだ。このような悦《よろこ》びをめざして、生命を燃焼させ、充実した日々を送った男が、どうしてあわれといえようか？

私は師匠の生涯を羨《うらや》ましいとさえ思った。

蒸籠にいれて蒸しているとき、私はふと、いったいこれを誰に食べさせるつもりか、と自分に問うた。つくっているときは、そんなことは念頭になかったのである。

范欽誠も師匠の楊朝堅もすでにこの世の人ではない。

（そうだ、范宗安しかいない）

戦争さえなければ、私が専属料理人として奉仕しなければならなかった、その人である。父に劣らぬ食道楽で、金とひまにまかせて、ずいぶんといろんな料理を賞味しているはずだ。私の百花双瞳を、最初に味見するにふさわしい人物ではないか。

十個の百花双瞳を皿にのせて、私は裏口から外に出た。

「近所に届けなければならないものがありますが、すぐに帰ってきますよ」

出がけに、私は座敷のほうに声をかけた。

恒子は畳のうえに、あおむけになったまま、右膝をすこしあげていた。浴衣のその部分が外がわにずりおちて、白いふくらはぎがのぞいている。だがその姿態も、私の眼に映像としてうつっただけで、心のなかまでは沁《し》みこまなかった。むなしい蠱惑《こわく》だった。

果物屋の裏戸は、鍵《かぎ》がかかっていなかった。

二階にあがってみると、范宗安は机にむかって坐っていた。夫婦喧嘩のあとのせいか、顔がやや蒼《あお》ざめているようだった。

「宗安さん、これを食べてみてください」

私は机のうえに百花双瞳の皿をおいた。

「ほう、うまそうだね」

彼は一つつまんで、口のなかにいれた。動作は緩慢だった。じっくりと吟味しているようにみえた。

「うまいでしょう？」

おしつけがましく、私はきいた。

「うまいだろうな……」

「え？」私は彼のことばが理解できなかった。

「残念だが」彼は大きく唇を歪めて言った。スタイリストの彼は、そのようなものの言い方をしたことはなかった。とぎれとぎれのことばが、そのあとにつづいた。――

「ぼくの舌では、わからない。舌に……もう、感覚がない。……さっき、毒をのんだところだ……」

前方をみつめる彼の眼はうつろだった。

歪んだままの彼の唇のはしから、黄色い液体が、ゆっくりと糸をひいて、顎のところでとまった。――

*

「残りの九つには毒はなかったかもしれん。しかし、死んだ男の胃のなかにはいった一つは、どうかな?」

警部は私のほうをみないで言った。

私の横に立っていた刑事が、

「范宗安の細君は、きみの店にいたが、いつも二人きりで会ってたのかね?」

と、たずねた。私は答えなかった。

あの世へ行った范宗安が、専属コックを呼んでいるのだろう。私はそんな奇妙なことを考えた。いや、奇妙とはいえないかもしれない。どんなことでもおこりうる。広州を離れて僅《わず》か十六年のあいだに、いろんなことがおこったではないか、大金持ちの范欽誠が無一文になって死んだし、きたえあげた師匠楊朝堅の腕が、五十万円に値踏みされて九州で朽ちはてた。底抜けの楽天家だった范宗安が自殺する。地獄からの召喚状だってありうるだろう。

電話のベルが鳴って、警部が送受話器をとりあげた。

「ほう、遺書が出た? やっぱり自殺だな。筆跡はまちがいない?……なるほど……」

電話がすむと、警部は私のほうをむいて、

「范宗安の最後のことばを、もういちど言ってもらおう。まだ調書に書きこんでいない」

私は舌で唇を湿らせてから口をひらいた。

「舌に感覚がないので味がわからない。毒をのんだから。……そんなことでした」

そのときの場面を思い出して、私は思った。——幻の名点心は、やはり幻の舌にだけふさわしいのだ、と。

私はもう二度と、百花双瞳などをつくろうとしないだろう。師匠の火の玉のかけらは、もう私の胸で消えてしまった。颪にとばされない重い灰をかぶせられて。

初出一覧

くたびれた縄　『枯草の根 陳舜臣推理小説ベストセレクション』所収
ひきずった縄　　　２００９年１月　集英社文庫
縄の繃帯
※電子配信　「縄（なわ）全３話　神戸『桃源亭』主人・陶展文探偵録
（ミステリ・ノート）」尚文社
https://amzn.asia/d/0dvVpF4B
崩れた直線　『崩れた直線』所収　１９８６年12月　廣済堂文庫
軌跡は消えず　『神獣の爪』所収　１９９２年３月　徳間書店
１９９６年８月　中公文庫
王直の財宝　『神獣の爪』『枯草の根 陳舜臣推理小説ベストセレクション』
所収
幻の百花双瞳　『幻の百花双瞳』所収　１９６９年５月　講談社
１９８０年７月　角川文庫
１９８７年10月　徳間文庫

解　説

新保博久

大正十三年に神戸で生まれた陳舜臣の生誕百年を記念して、二〇二四年には神戸市でいくつかイベントが開催された。その一つに、神戸文学館の企画展「神戸が生んだ名探偵 陶展文の事件簿」（一月二十七日〜四月十四日）があったのでこの春、足を運んだ。

ああ、この坂は見覚えがあると思ったら、神戸文学館には八年前にも訪れていた。やはり神戸生まれの横溝正史が戦後いち早く『本陣殺人事件』を連載してから七十年目にあたる節目の年に、金田一耕助登場七十年として「金田一耕助の神戸を探偵する」という企画展が催されたのが目当てだった。推理小説研究家の松坂健によるミステリ関連イベント、記念館、推理劇上演などを訪ねて全国を行脚《あんぎゃ》した記録エッセイ『健さんのミステリアス・イベント体験記』（二〇二二年、書肆盛林堂《しょしせいりんどう》）でも触れられているが、この回には私もお供したものだ。松坂さんが二〇二一年に急逝《きゅうせい》していなかったら、今回の陶展文展にも勇んで出かけられていたことと思うと心が痛む。

陳舜臣ファンだった松坂さん（長篇『割れる』がご贔屓《ひいき》だった）もチェックし漏らしていたが、二〇一七年のほぼ一年間、神戸開港百五十年記念事業としてデザイン・クリエイティブセンター神戸で企画展「神戸 みなと 時空」が催され、「陳舜臣と神戸ミステリー館」なる一室も設けられたらしい。展示の目玉は、明石工業高等専門学校で建築学を学ぶ生徒さんが設計した「三色の家」の模型であった。赤煉瓦《あかれんが》の倉庫に、白モルタルのオフィスと住居を積み重ねた三階建てで、三階の外壁には青色のトタンが貼り付けられていたのは、陳氏が十代を過ごした実家がそういう姿だったのだという。二作目の長篇『三色の家』の舞台のモデルに使われている。二〇一七年の展示では各階も別個に作り込まれていたようだが、陶展文展のころにはすべて所在不明になっていて、残されたデータに基づいて大阪公立大学大学院生の手で家屋全体の模型だけ再現されたらしい。もとの五十分の一縮尺だった模型のそのまた、実物大模型というわけだ。小説では殺人現場となるが、なんだか可愛らしい。

さて金田一耕助登場作品では神戸に事件の根が見出《みいだ》されることはあっても、街自体が舞台になることはめったにない。いっぽう陶展文シリーズにあっては特に長篇では、事件の遠因は中国に発しているが、物語は終始ほとんど神戸で展開される。企画展に使われるスペースは猫のひたいなので、シリーズの全四長篇、『枯草の根』（一九六一年）、『三色の家』（六二年）、『割れる』（同年）、『虹の舞台』（七四年）及び、六短篇（が一冊に集成されるのは本書『桃源亭へようこそ』が初めてなのだが）に展示テーマを絞り込んだのは賢明というべきだろう。陳舜臣の業績全般を対象としたなら、小説はミステリだけでも五十冊に及ぶし、中国歴史小説、紀行その他ノンフィクションと多岐にわたり、どうしても中途半端な展示になりそうだ。出発点となった陶展文シリーズには、推理趣味や歴史趣味といった著者のすべてが萌芽《ほうが》していたといって過言ではない。

陶展文の出身は、東はローマに至るシルクロードの西の起点、中国陝西省《せんせい》であるのが華僑《かきょう》（在外の中国人）には珍しいという。父親は福建省の役人だが、拳法家としても著名で、幼少のころから薫陶《くんとう》を受けた展文も、五十代に入ってなお体操代わりに神戸市生田区（現・中央区）北野町一丁目（著者の当時の住所と同じ）の自宅の庭で拳法の早朝練習を欠かさない。もともと大柄だが、鍛錬《たんれん》の甲斐あって中年になっても筋骨たくましい。列車で十時間立ったまま揺られていても平気だと言い、「じじつ、陶展文は肉体的な疲労をほとんど知らぬ男なのだ」（『割れる』）。強いのは肉体以上に好奇心であって、素人探偵の活動に活《い》かされるのはもっぱら頭脳で、拳法の腕前を発揮するのは長短十篇のうち「崩れた直線」が唯一なのである。

彼を頑健と設定したことについて陳舜臣は、「ぼくはからだが小さく、すぐに骨折をするし、ケンカには弱い。その反対の理想像を主人公にするのですね。陶展文がそうです」（安西晴衛によるインタビュー「〝本格の長城〟を築く作家 陳舜臣」、『宝石』一九六三年九月号「ある作家の周囲その26 陳舜臣篇」。以下「周囲」と略す）と述べたものだ。幼時のころのニックネームは「泣き虫」であったという。

「陶展文は日本に留学したとき、特設科で一年間日本語を学び、そのあと旧制高校にはいったのである」（「軌跡は消えず」）。「高等学校も大学も東京だったので、標準語は達者である。数年間帰国したが、どういうわけか、また日本にやってきた。政治運動に深入りし、それにいや気がさしたのだ、と憶測する人もいる。とにかく、二十数年間、彼はなんとなく日本に居ついてしまい、日本の女性と結婚した」（『枯草の根』）。

その女性が節子といい、海岸通にある東南ビルの地階に夫婦で営んでいる大衆食堂「桃源亭」に、調理の助手として仕込んできたのが節子の甥《おい》の衣笠健次で、もう一人前になったので「いつのまにか、すべてを健次にまかせてしまった恰好になっている」（『枯草の根』）。「ほかにも家賃収入などがある」（「王直の財宝」）から、展文はもっぱらアマチュア探偵に励んでも差し支えないわけだ。

「拳法は子供のときから年季をいれて習得した技術だが、料理のほうはいつのまにやら身につけてしまったもので、いささか我流なのである。南方料理でもなければ北方のものでもない。料理のほか、陶展文は漢薬の研究にも手を出し、いまでは世間からひとかどの漢方医と認められている。ただし、妻の節子は彼の医薬の知識を信じていない。にがい漢方薬を浴びるほどのまされたが、彼女の間歇《かんけつ》的腹痛が一向になおらないからである。華僑の人たちが彼を名医扱いにするのは、その堂々たる体軀《たいく》にごまかされているのだ、――節子はそう信じている」（『枯草の根』）

陳舜臣は家業が海産物貿易だったので、「中華料理材料は、ぼくの商売の範囲にはいっています。うまい不味《まず》いよりさきに、どんな材料を使ったか、その値段などがピンとくるのです。（中略）うまいものが食えるのは、結構なことですが、男子は女子供にそれを食わせ、おいしいおいしいと云っているのを莞爾《かんじ》として眺めているべきです。自分で食物のことに夢中になるのは士大夫の道に反すると思います」（「周囲」）。

という陳氏だから、アメリカでは現在もなお人気のレックス・スタウト創る巨漢の食通探偵ネロ・ウルフなどにはあまり好感をもたなかったかもしれない。その最初の長篇『毒蛇』は一九五八年に早川書房と東京創元社からほぼ同時に邦訳刊行されているから（原著から十年以上経《た》っていて、当時の特約から翻訳自由であった）、前年に生まれた長女を寝かしつける際の眠気ざましに陳氏が「捕物帖とか探偵小説のたぐいを、べつにえらびもせずに買いこんで読んだ」（二〇〇三年、集英社刊『道半ば』）なかに含まれていそうだ。ネロ・ウルフ所長が面倒な捜査一切を助手のアーチー・グッドウィンに任せ、集まった情報をもとに自身は安楽椅子推理を決め込むのは、陶展文と、拳法の弟子で中央新聞の記者小島和彦との関係を思わせなくもない。

氏がアンケートなどで愛読する推理小説は何かとか答えた例は非常に少ない。『枯草の根』の奥付には珍しく、「推理小説は耽読《たんどく》、特に重みのある本格もの、ニコラス・ブレイクなどを好む」とある。ブレイクとはまた渋いことだが、「周囲」のインタビューでは「クロフツなども好きだし、最近の、マッギヴァーン、ロス・マクドナルドも好き」で、推理作家には「殆《ほと》んど好き嫌いがない」という。大阪外語大時代に「私がミステリーを読んでいたのは、英語の勉強を兼ねていて、コナン・ドイルやチエスタートンなど正統派がおもであった」（『道半ば』）と述べている。

『枯草の根』で江戸川乱歩賞を受賞してデビューが決まり、当時まだ健在だった乱歩に表敬訪問した際、「だいぶチェスタートンを読んだね」と言われたことしか、緊張していて憶えていないという（一九八九年「乱歩先生と私」、講談社版江戸川乱歩推理文庫⑭『白髪鬼』巻末エッセイ）。同じく選考委員であった大下宇陀児《うだる》も、『枯草の根』に風格のある点を評価しているが、それは陶展文のキャラクターによって来るもので、展文は「チェスタートンの『師父ブラウン』を、或《あるい》はまた水滸伝《すいこでん》中の花和尚《かおしょう》魯智深《ちしん》を連想させる」（『宝石』一九六一年十月号）と指摘した。これらの評言に対して、陳舜臣はG・K・チェスタートンに影響を受けたとも受けていないとも答えていない。

否定も肯定もないといえば、「陳舜臣推理小説ベストセレクション」として、直木賞・江戸川乱歩賞・日本推理作家協会賞の受賞作などをそれぞれフィーチュアした三巻本の文庫版選集の二冊目、『枯草の根』（二〇〇九年、集英社文庫）の著者あとがき「陶展文と陶淵明」にも同様のことがいえる。陶展文の造形は詩人陶淵明がヒントになっているのではないかと訊ねる読者の手紙に、展文の経営する中華料理店の屋号「桃源亭」は、陶淵明がユートピアを桃源郷と称したのにちなんでいると思われたのかもしれないと言いつつ、否定も肯定もせず六ページにわたって手紙の内容を紹介したものだ。そして結局、「陶淵明は私の好きな中国の詩人のひとりです」としか認めていない。この読者の手紙なるもの自体、フィクションなのではと勘繰りたくなる。

実は、田中芳樹との対談『談論 中国名将の条件』（一九九六年、徳間書店）で、「（陶展文の）陶というのは陶淵明なんです」と発言されているのだ。同じ対談のなかで、こうも言われている。

「陶展文の人間像のなかの分からない部分というか、人間としての立場とか、彼の前身とか、そういうことはちょっとほのめかすところはあったけれども、あんまり書いてないんです。それはあの当時、(神戸に)中国人の亡命者とか、そういうのが割合にいたわけですよ。そういう連中というのは自分のキャラクターを口にしないですよね」

このことからは、アガサ・クリスティーが最初の推理小説『スタイルズ荘の怪事件』を書くにあたって探偵役をどうしようかと思案して、暮らしていたイギリスのトーキイ地方に第一次大戦の戦火を逃れてきた亡命ベルギー人が大勢いたのを思い出して、エルキュール・ポアロを創造したエピソードが思い出される。ポアロもベルギー警察を定年退職したというほか、前歴の詳しいことはそれほど明かされないが、陶展文の場合はどうか。

『枯草の根』に登場したとき五十歳、十年若く見える精悍《せいかん》さだが、第二長篇『三色の家』では二十八年前に遡《さかのぼ》って昭和八(一九三三)年、東京の大学法学部を卒業して帰国準備を進めているさなか、留学生寮の仲間でひと足早く実家に帰った在日華僑に請われて、神戸の三色の家に立ち寄ったところ殺人事件に巻き込まれ、警察に先んじて謎を解く。

その後『枯草の根』までの間の出来事も追い追い語ってゆくつもりだったのかもしれないが、事件簿としては「ひきずった縄」(『エロチック・ミステリー』一九六二年七月号)しかない。この掲載誌名が誤解のもとなのだが、もともと『宝石』の増刊や別冊として、お色気のある大家の旧作をアンコールしていた「エロティック・ミステリー」特集が好調のため独立させたものながら、陳氏の縄シリーズ三部作が掲載された一九六二年六月(～八月)号から、エロティックな作品や記事より旅情・レジャーを訴える要素が強化され、新鋭推理作家にお色気抜きの小説を求めるようになっている(のち単に『ミステリー』誌に改称)。

これらの短篇について「周囲」のインタビューではそれぞれ、「三十枚の本格など、しんどいことである」(「くたびれた縄」)、「ちょっと無理ではないかと思った。回顧談仕立てで、その無理をかくそうとした」(「ひきずった縄」)、「陶展文の短篇は、半七(捕物帳)のような味を出したが、希望にはほど遠い。あらためて出直そう。〝縄シリーズ〟はこれにて失礼、というところ」(「縄の繃帯」)とコメントして自信のなさを吐露している。実際に『半七捕物帳』ふうに、展文が帰国当時にたてた手柄を回想するスタイルが貫かれていたら、彼の過去がもっと明かされていたところ、その時期の事件は「ひきずった縄」だけで、これは新聞記者時代なのかもしれない。

なおこの三篇は、「縄　全3話――神戸『桃源亭』主人・陶展文探偵録（ミステリ・ノート）」として尚文社から電子書籍も配信されている。ほかにも陳舜臣作品が刊行されているのでチェックしてみられたい。

陶展文が「若いころ、国で情報関係の仕事にたずさわったことがある」（『枯草の根』）というのは、「ひきずった縄」事件より後だろうか。前にも引用したとおり、再び日本の土を踏み、小さいながら中華料理店を経営するに至った。「彼にも青春の血が、大きな舞台をかけまわることを希《ねが》った時代があった。異国のビルの地階の食堂が、その舞台では決してなかったはずだ」（『割れる』）。「地階はビルの恥部である。上品にいえば、ビルの台所――そして劇場にたとえると楽屋裏というところだろう。客に見せるべき場所ではない」（『枯草の根』）のだから。

「周囲」の特集に寄せられた権田萬治の「陳舜臣論」（第三文明社刊『宿命の美学』）では「東洋的時間における殺人」）は、陳舜臣の「方壺園《ほうこえん》」「九雷渓《きゅうらいけい》」を高く評価し、「この二つの短篇の前では、陶展文が登場する『くたびれた縄』、『ひきずった縄』、『縄の綳帯』などは安易な通俗小説に過ぎない」と手きびしい。けだし妥当《だとう》といえようが、前掲「陳舜臣推理小説ベストセレクション」では、「方壺園」など定評ある名作を併録した第三巻『玉嶺よ　ふたたび』よりも、古書では第二巻『枯草の根』のほうがプレミア価格になっているのは、縄シリーズ三部作が初めて収められていたからだろう。陶展文のキャラクターに魅せられた読者は、出来不出来よりも、その活躍にたくさん接したいと思うのにちがいない。

最初期、集中的に書かれた陶展文の活躍譚《たん》は、デビュー三年目からご無沙汰《ぶさた》気味となった。一九七三年『週刊小説』に連載された『虹の舞台』が長篇では十年ぶりになるが、六二年の『割れる』からそれまでの間に一度だけ、長めの短篇「崩れた直線」（『小説宝石』一九六九年六月号）に登場させたのは、見限ったわけではないという宣言だったかもしれない。初登場から「崩れた直線」までは五十歳で、三十七歳だった作者より十三の年長だったが、『虹の舞台』では「五十をすぎてだいぶたつ」ものの、大学生だった長女の羽容がまだ在学中なのだから十年は経ってないとはいえ、年齢差はだいぶ縮まっていた。料理人という設定が最も活かされているのも『虹の舞台』の特徴で、これで描ききった感もあったようだ。陳氏の筆がどんどん中国歴史小説に広がり、そちらの比重が大きくなったせいもあるが、推理小説のほうでも本格謎解きからサスペンス中心に移行すると、アマチュア探偵にせよ警察官探偵にせよ活躍させづらくなっていった。

陶展文が復活を果したのは、またしても十年を隔てた「軌跡は消えず」（『小説現代』一九八三年八月号）である。引き続き「王直の財宝」（『小説現代』一九八四年五月号）が発表されており、折しも新書戦争といわれたノベルス創刊ラッシュの時代にあって、短篇集一冊分くらいの事件簿を期待されたとも考えられる。陶展文が実年齢より十歳若く見えるというのは五十歳のころ同様だが、このとき七十歳を迎えていた。のちに林真理子との対談（『週刊朝日』二〇〇一年十一月九日号）で「今でも推理小説は好きですけど、あれは若くなければ書けないですね」と語ったころよりだいぶ若くども、謎解きへの情熱を甦《よみがえ》らせるには至らず、陶展文が顔を見せたのは「王直の財宝」が最後である。復活後の二篇が、単行本に入れ忘れた落ち穂拾い的作品集『神獣の爪』（一九九二年、徳間書店）に収められた際のあとがきで、「いま（陶展文を）書こうとすれば、八十歳の探偵ということになる」というのは実現しなかったのが惜しい。「周囲」のインタビューで、「八十をすぎてから、老人的ハードボイルドを書きたい。感情過多は青春の特権だ。ぼくはまだ若い」と語ったことなど、もう忘れてしまっていただろう。だが陶展文は特に長篇の後半では、すでに謎を解いているのに読者にその内容を明かさないために、内面に踏み込まれず行動だけが描かれることが多い。主人公の心理描写を排して行動によって心情を読者に伝えるハードボイルド・ヒーローの面影をもともと持っていたとも言えよう。

美食ミステリを求める読者は、ここに集めた六短篇で陶展文が料理人ならではの活躍を見せないのに物足りなさを覚えるかもしれない。そこで展文は登場しないけれども、陳舜臣作品のなかでも最も料理に縁の深い短篇「幻の百花双瞳」（『小説新潮』一九六九年四月号）をボーナストラックとして収録した。

変死事件も起こるが、本篇で扱われる最大の謎は、絶品という百花双瞳とはどういう点心かである。十四歳で神戸の華僑商社の住み込みコックの徒弟奉公をすることになった孤児の丁祥道が、戦中戦後の日本を生き抜き二十四歳になって自身の店を構えるようになる。祥道は展文のようなエリートとは異なる下層階級だが、そのサクセス・ストーリーが手際よく語られる合間に百花双瞳の謎がつきまとう。十数年後たまさか祥道がその謎を解いたとき、意外な悲劇が訪れる……

「百花双瞳というのは、夫が小説のなかで名づけたもので、実在するものではありません。もしあれば偶然の一致です」と、陳錦墩《きんとん》は夫の陳舜臣との共著『美味方丈記』（一九七三年。のち中公文庫）で述べている。

「眼のような形をした点心で、その上に豆かサクランボを二つのせてヒトミが二つついている形になるので、双瞳と名づけたのです。一つの眼に二つのヒトミがあるなんて化物ですが、これは『重瞳《ちょうどう》子《し》』といって、才能抜群の相とされています。漢の高祖と天下を争った項羽がそうでした。(中略) 日本でも徳川光圀や由比正雪がそうだったということです」

瞳に見立てる具材の一つは、百花鳳眼《ほうがん》のようにグリーン・ピースでも済むが、もう一つの材料が何なのか、祥道の師匠にも分からない。

「百花というのは、材料がバラエティーに富んでいることを形容したのであります。じっさいには、エビ、豚肉、胡椒、ゴマ油に塩や調味料を加えたのを『百花餡』というのですから、百どころか十指にも達しません」(『美味方丈記』)

白髪三千丈のたぐいらしい。著者の考案した百花双瞳にしても、終盤で明かされる材料を使って小説の記述どおりに作ったとしても、一人の人生を狂わせるほど美味にはならないだろう。それでも、「中華料理店――というよりは、ラーメン屋と呼んだほうがよさそうな店」(『虹の舞台』)である桃源亭のメニューには載りそうにない。どんなに旨いのだろう――と、短篇集のしめくくりに読者には幻の味に想いを馳せてみていただきたい。

二〇二四年八月

この作品は徳間文庫オリジナルです。

本作品はフィクションであり実在の個人・団体などとは一切関係がありません。なお、本作品中に今日では好ましくない表現がありますが、著者が故人であること、および作品の時代背景を考慮し、そのままといたしました。なにとぞご理解のほど、お願い申し上げます。

（編集部）

徳間文庫

桃源亭《とうげんてい》へようこそ

中国料理店店主・陶展文の事件簿

2024年9月15日　初刷

著者　陳《ちん》舜《しゅん》臣《しん》
発行者　小宮英行
発行所　株式会社徳間書店
東京都品川区上大崎三―一―一　〒141―8202
目黒セントラルスクエア
電話　編集〇三（五四〇三）四三四九
　　　販売〇四九（二九三）五五二一
振替　〇〇一四〇―〇―四四三九二
印刷
製本　中央精版印刷株式会社

ISBN978-4-19-894968-6　（乱丁、落丁本はお取りかえいたします）

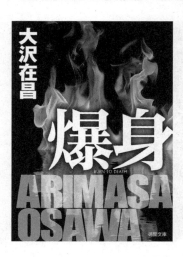

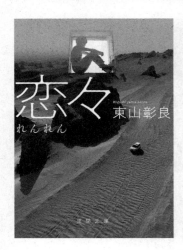